いわれなき罰

ミシェル・リード
中村美穂 訳

THE GREEK'S FORCED BRIDE

by Michelle Reid

Published by Harlequin Japan,

a Division of K.K. HarperCollins Japan, 2024

ミシェル・リード

5人きょうだいの末っ子としてマンチェスターで育つ。現在は、仕事に忙しい夫と成人した2人の娘とともにチェシャーに住む。読書とバレエが好きで、機会があればテニスも楽しむ。執筆を始めると、家族のことも忘れるほど熱中してしまう。

◆主要登場人物

ナターシャ・モイルズ……………歌手のマネージャー。
シンディ・モイルズ……………ナターシャの妹。歌手。
レオ・クリスタキス……………実業家。
ジャンナ……………………レオの元妻。
リコ・ジャンネッティ…………レオの義弟。
アンジェリーナ・クリスタキス……リコの母親。
ラスマス……………………レオのボディガード。
バーニス……………………レオの屋敷の家政婦。

1

クリスタキス企業帝国の会議室は、空気がぴんと張りつめ、静まり返っていた。上座の椅子の背にもたれているのは三十四歳の若き経営者、レオ・クリスタキス。書類を眺めながら、長い指でこつこつとテーブルを叩《たた》いている。口もとに笑みを浮かべ、いかにもくつろいだ様子だ。

五分、十分……。レオの沈黙は続き、緊張に満ちた時間がじりじりと過ぎていく。レオの表情は一見穏やかそうに見える。しかし、それが単なる見せかけであることは、この場にいる六人の重役全員が知っていた。

誰ひとり微動だにしなかった。皆、視線を落とし、つややかなテーブルをじっと見つめている。発言はおろか呼吸するのもはばかられるほどで、物音ひとつたてる勇気もない。固く閉じられたテーブル上の六つの書類が、その空気を物語っていた。

社内の人間が会社の金を横領し、レオの逆鱗《げきりん》に触れたのだ。しかも、その不愉快な盗みの手口は、あきれるほどお粗末で、初歩的な算数の知識があれば誰でも見抜けるほどだった。

全世界に展開するこの大企業を管理統制するため、社内では定期的に内部監査が行われる。従業員なら誰でも知っている事実だ。レオは無能な人間は雇わない。だから、こんな方法で会社の金に手をつけ、無事に逃げおおせると考えるろくでなしは、全従業員の中でただひとりに絞られた。

その名はリコ・ジャンネッティ。レオの義理の弟で、縁故採用で現在の地位を得た、うぬぼれ屋で利己的な男。

くそっ。レオは怒りのあまり、内心で毒づいた。いったいなんだってリコはばかげた盗みを考えついたんだ？　愚か者め。仕事らしい仕事は何ひとつしていないのに、かなりの高給を払っている。それでも足りずに、ぼくから金をむしり取ろうというのか？

「リコはどこだ？」レオは尋ねた。

突然の問いに、重役たちがいっせいに顔を上げた。

「ご自分のオフィスにいらっしゃいます」秘書のジュノがすかさず答えた。「この会議のことは伝えてありますが」

まさかリコが会議に出席しないとは、レオは思ってもいなかった。ただでさえ、給料泥棒同然なのだから、まずは自分から謝罪するべきだろう？

処罰の最終決断を下すためにレオは顔を上げ、六人の重役に目を走らせた。彫りの深い整った顔だちは、鼻の中央にある傷跡さえなければ完璧《かんぺき》だ。その傷跡は、十代のころにフットボールのブーツで蹴《け》られたものだった。

なんてことだ《テオス》。レオは目を伏せた。真実を隠蔽《いんぺい》し、リコの処罰を内々にすませるのは無理だ。この件はすでに大問題になりつつある。

ぼくはリコをかばいたいのか？　自問するレオの顎の筋肉がこわばった。答えはイエスだ。できるならもみ消したい。

家族の中に泥棒がいるとは。

新たな怒りがこみあげ、レオは書類のファイルをぴしゃりと閉じて立ちあがった。ピンストライプのダークグレイのスーツに包まれた百九十三センチの体が重役たちを圧倒する。

「わたしがまいります」ジュノが飛びあがった。

「いや」レオは訛《なまり》のある英語で拒否した。「自分で行って捕まえる」

レオを止められる者などひとりもいなかった。会議室は不穏な空気に包まれ、重役たちは互いに視線を交わし合った。しかし、レオはかまわず、大股にドアへと突き進んだ。しんとした重役専用フロアの長い廊下を、リコのオフィスめざして向かう。エレベーターのドアが開く音に気づく余裕もなかった。

レオは、二年前にいとしい父を奪った心臓発作を心から憎んだ。父さえ生きていれば、このような不快な役目を押しつけられずにすんだ。神経質なイタリア人の義母、アンジェリーナと、彼女の最愛の息子リコ・ジャンネッティ。この二人の子守りという役目を。

ああ誰か、どうしようもないプレイボーイと、息子を溺愛《できあい》する心配性の義母から、ぼくを救ってくれ。レオは心底うんざりした。あの二人に家族への忠誠心はかけらもない。リコが結婚して故郷のミラノに帰り、母親と暮らす日が一刻も早く訪れてほしい。疑うことを知らない新妻を連れて……。

この事件が明るみに出たら、リコは刑務所へ行くしかなくなるだろう。レオは胸を締めつけられた。

自分の夫となる男が泥棒だと知ったら、ナターシャ・モイルズはどうするだろう？　レオはリコの婚約者を思い浮かべた。

そもそも、リコがあのクールで上品なナターシャを結婚相手に選んだことが、レオは不思議でしかたがなかった。リコが好きなのは、モデルのようにほっそりとしてセクシーな女性だ。ナターシャは違う。脚は長くてきれいだが、砂時計のようにめりはりのある体つきをしている。

だが、レオの見るかぎり、彼女はいつもその女らしい体を堅苦しい服で隠し、取り澄ましていた。しかもレオに対しては、癪《しゃく》に障るほど礼儀正しく、よそよそしい。

そういう女性がなぜリコのような軽薄なプレイボーイを好きになるのか、レオにとってはもうひとつの謎《なぞ》だった。自分と正反対のタイプの男に惹《ひ》かれるのだろうか？　クールで上品な仮面も、リコの手にかかると、粉々に砕けてしまうのか？

きっと彼女は、寝室ではエロティックな女神に変身するに違いない。しなやかな体のライン、吸いこまれそうなブルーの瞳、キスをせがんでいるようなセクシーな唇は、いくら隠そうとしても……。

なんてことだ。レオはまたも悪態《テオス》をついた。ナターシャの唇を思い出したとたん、下腹部がかっと熱くなってしまったのだ。

そのとき、偶然にもレオの背後では、ナターシャがエレベーターから降り、廊下を突っ切るレオの姿を目にして立ちすくんでいた。彼女の脚は震え、心臓は早鐘を打っている。このままエレベーターで引き返し、出直そうかしら？ だが一刻も早くリコに会って確かめたいことがあった。

ナターシャはレオ・クリスタキスが苦手だった。彼の尊大で威圧的な雰囲気は彼女の神経を逆撫《さかな》でし、緊張を強いた。

彼はいつも、あざけるような目でわたしを見る。わたしがそれに気づいていないとでも思っているのかしら？ 確かにわたしは、レオ・クリスタキスに群がる女性たちとはタイプが違うが、彼の態度はあまりに失礼だ。

けれど、レオ・クリスタキスにどう思われようがかまわない。彼はリコの義理の兄にすぎないし、わたしは彼に会いに来たわけではないのだから。ナターシャは自分にそう言い聞かせてから、アップにしたブロンドの髪を右手で撫でつけ、青いスーツの前で黒いバッグを握りしめた。小ぶりのバッグがまるで前を行くレオから我が身を守ってくれる盾であるかのように。

リコとの結婚は六週間後に迫っていた。これから浴びせかける質問にリコはどう答えるだろう? けさ届いた携帯電話のメールの内容を思い出し、ナターシャの顔から血の気が引いた。メールを送りつけてきた親切な人はいったいどういう神経の持ち主なのだろう? リコがほかの女性と抱き合っていたとわざわざ知らせてくるなんて。わたしが音楽業界で働く人間だから、その程度のことでは傷つかないと思っているのかしら?

傷つかないどころか、今のわたしは死にそうなのに! ナターシャはバッグを握りしめた震える指を見つめた。事実、わたしのリコへの愛は死にかけている。なぜなら、もう限界だから。リコの数々の女性の噂《うわさ》から目をそむけ、耳をふさぐのは、これでおしまいにしよう。

決着をつけるときが来たのだ。ナターシャは青ざめた唇を引き結び、先を歩くレオ・クリスタキスのことを頭から追い払って、グレイのカーペットを敷きつめた廊下を見つめた。

ナターシャが後ろを歩いていることなど気づきもせず、レオはリコの部屋の前に達した。そしてノックもしないでいきなりドアを開け、リコを叱《しか》りとばすつもりで室内に踏みこんだ。その瞬間、レオは息をのみ、我が目を疑った。いくらプレイボーイとはいえ、リコがオフィスでこれほどの痴態をさらすとは信じがたかった。

机の上で、リコがズボンを足首まで下ろし、女性の上に覆いかぶさっていた。彼の腰には女性の細い脚が巻きついている。リコの引き締まった体が動くたびに女性がうめき、室内に熱い吐息が充満する。衣類の散乱した床が、速さを増したリコの動きに合わせて振動した。

「リコ！」怒りを爆発させた直後、レオは背後であがった音に反応して振り返った。

そこには、ナターシャの凍りついた顔があった。レオは混乱した。机の上に仰向けに横たわるブロンドの女性はナターシャだと思っていたからだ。

「ナターシャ？」驚きのあまり、レオの声はかすれた。

だが、その声はナターシャの耳に入らなかった。彼女は呆然《ぼうぜん》としてこの悪夢を見つめていた。机の上で痴態を繰り広げる二人はようやく、部屋にいるのが自分たちだけではないことに気づき、リコがドアのほうに顔を振り向けた。彼のどんよりしたまぶたと欲望にぎらつく目を見て、ナターシャは吐き気を催した。

間をおかずに女性のブロンドの頭が動いた。ブルーの瞳でリコの体の下からナターシャを凝視する。二人の女性は、ただひたすらに見つめ合った。

「だったら、いったい彼女は……」レオはナターシャから室内へと顔を巡らし、机の上の男女に視線を注いだ。

不意に女性が肘をついて身を起こし、華奢《きやしや》な手でリコの裸の胸を押しのけた。彼女の顔を見たレオは真実に気づき、自分が目撃している光景のおぞましさに衝撃を受けた。

シンディ。ナターシャの妹。

ブルーの瞳とブロンドの髪は、姉とまったく一緒だ。それだけに、いっそう年齢差が際立ち、まだ子どものように見える。

胃のむかつきをこらえ、レオは再び振り返った。しかし、ナターシャはすでに、エレベーターに向かって廊下を走っていた。

レオの怒りは頂点に達した。「おまえとはこれきりだ、リコ。ぼくに腕ずくで追いだされる前に、さっさと服を着てここを出ていけ。そのあばずれ女を連れてな！」

レオはきびすを返し、ナターシャのあとを追った。リコにぶつけたい問いが頭を駆け巡る。一方で、自分の人生からリコを追いだす口実ができ、その口実をリコ本人が与えてくれたことに、奇妙な安堵《あんど》と困惑を覚えていた。

レオは廊下を走った。しかし、ナターシャを乗せたエレベーターはすでに階下へ向かっていた。彼はすぐさま階段を下り、ひとつ下の階へ行った。最上階まで来るエレベーターは一機だが、下の階には三機ある。ナターシャの乗ったエレベーターが地下に着いたのを確認して、レオは別のエレベーターに飛び乗って地下のボタンを押した。

レオの胸は震えていた。全身が興奮し、ずきずきと脈打っていた。なんてことだ《テオス》。あいつらのせいだ。あれほど醜悪な場面を見せつけられると、こんなにも血が騒ぐものだろうか?

エレベーターから降り、レオは地下駐車場を見まわした。黒やシルバーの高級車がずらりと並ぶ中、ナターシャの真っ赤なミニクーパーは、黒っぽい生地に落ちた一点の染料のように目立っていた。ナターシャは車に寄りかかり、肩を震わせて泣いている。彼女が打ちのめされているのは明らかだった。

「大丈夫だ……」レオはナターシャに近寄り、つぶやいた。むろん、大丈夫なはずがなかった。レオは彼女の肩に手を置いた。

「さわらないで!」ナターシャは大声を出し、彼の手から逃れた。

「ぼくはリコじゃない! きみがあばずれの妹と違うように——」

突然、頬を打つ音が地下駐車場に響き渡り、レオの言葉は遮られた。ナターシャの平手打ちに、レオが息をのんでのけぞる。一方、彼女は全身を震わせていた。血がのぼって熱くなった彼女の頭は思考停止状態に陥り、暴力の余韻だけが意識の隅に残っていた。人を殴ったのは生まれて初めてだった。

ナターシャは不意によろめき、しゃがみこんで嘔吐《おうと》した。そして、身をいっそう激しく震わせ、赤い車体にすがりつくようにしてすすり泣いた。リコが妹と……なぜあんなまねができるの? シンディにしたって、どうして……。

レオの長い指が再び彼女の肩に触れた。ナターシャは今度はその手を払わず、黒いローヒールから数センチしか離れていない場所に胃の中のものを出しつくすまで、うずくまっていた。

ナターシャがジャケットのポケットからティッシュペーパーを出して口をぬぐう間も、レオは唇を引き結んで、彼女の肩に手を添えていた。

指先からナターシャの震えが伝わってくる。かろうじて立ちあがった彼女は下を向いたまま、細く白いうなじをさらしている。レオの体を再び熱い興奮が走り抜け、思わず彼女から目をそらした。腹立たしげに駐車場に目を走らせながら、彼は自問した。ぼくは、このあとどうすればいいんだ？

ナターシャにかかずらっている暇はない。理性が彼にそう告げていた。重役会議の続きがあるし、リコの横領の後始末を早急に処理する必要がある。ほかにも、アテネの本社に帰る今日の夕方までに片づけなければならない仕事が山ほどあった。

そのとき、地下の片隅にある警備室の陰から、ひとりの男が姿を現した。レオのボディガードのラスマスだ。興味ありげに二人を見ている。レオがしかめっ面で首を振るなり、ラスマスはすみやかに身を隠した。

レオはナターシャをなだめてエレベーターに乗せ、自分のオフィスに連れていってしばらく休ませようかと考えた。しかし、途中でリコやシンディと鉢合わせして、新たな修羅場が出現しないともかぎらない。

「少しは落ち着いたか?」ナターシャの肩の震えがいくぶんおさまったのを見計らい、レオは尋ねた。

ナターシャはどうにかうなずき、消え入りそうな声で答えた。「ええ、ありがとう」

「こんなときまで礼儀正しくふるまう必要はない」レオはもどかしげに言った。

次の瞬間、ナターシャはレオからさっと離れた。こんなみじめな姿を、レオ・クリスタキスに間近で見られたくなかった。

いましがた見た悪夢さながらの光景とその衝撃を思い出し、また吐き気がこみあげた。ナターシャは懸命にこらえ、バッグから車のキーを取りだしてドアを開け、中からミネラルウォーターのボトルをつかみ取った。本当は車に飛び乗り、この場から逃げだしたかったが、今の自分は運転できる状態にないと自覚していた。体の震えはいっこうにおさまる気配がなく、恐怖とショックのせいで、吐き気に加えてめまいもする。

ナターシャはぐったりと赤い車体にもたれ、キャップを開けてボトルに口をつけた。鼓動が耳の奥で鳴り響き、喉が締めつけられて、うまく水を飲めない。影のように傍らで立ち続けているレオが、ナターシャの平常心を完全に奪っていた。百九十センチを超える長身の彼の存在感は圧倒的で、百六十七センチの彼女を、ちっぽけな存在に感じさせた。

けれど、レオ・クリスタキスとはそういう男性だ、とナターシャは小さなため息をついた。大柄で、タフで、迫力に満ちている。自分より弱い人間を打ちのめす冷笑的な顔とぶっきらぼうな口調に、資産をふやすことだけに機能する頭脳。ナターシャは顔を上げなくても、レオが今、腕時計を見たい衝動と必死に闘っていることが手に取るようにわかった。こうして地下駐車場に突っ立っているより、もっと有意義なことに時間を使いたいに違いない。

「わたしはすぐによくなるわ。仕事に戻って」

とたんにレオは不愉快になった。まるでぼくは仕事のためだけに生きていると言わんばかりだ。ナターシャ・モイルズはいつもぼくに反感をいだかせる。今も、彼女のよそよそしい態度やクールなまなざしは〝あなたなんかに興味はないわ〟と告げている。リコのロンドンのアパートメントで紹介された初対面のときからそうだった。

「もっと水を飲むんだ。それから、ぼくの胸中を邪推するのはやめてくれ」レオは冷淡に言い放った。

「わたしは別に――」

「言いわけはいい」レオは遮り、無愛想につけ加えた。「きみはぼくを嫌いらしいが、ぼくだって、あんな現場を目の当たりにした女性を置き去りにしないだけの思いやりを持ちあわせている」

忌まわしい光景がよみがえり、ナターシャの心は再び揺れた。思い出させないよう黙っているのも思いやりのうちだとわからないのかしら！

ナターシャがうめき声をもらすと、レオはとっさに彼女の腕をつかんだ。ナターシャは振り払いたかったが、できなかった。彼の支えなしでは、地面にぽっかりとあいた暗い穴にのみこまれてしまいそうな感覚にとらわれていたからだ。

突然、耳障りな電子音が響いた。上階の誰かに呼ばれ、エレベーターが動きだしたのだ。レオは悪態をつき、ナターシャのほうは彼を見つめた。大きなブルーの瞳とレオのダークブラウンの瞳が交錯し、二人は奇妙な熱に包まれていた。

ナターシャはなんて美しいのだろう。レオは自分の心の声を聞いた。

そのとき、ナターシャが運転席に乗りこもうとしたので、レオは細い手首をつかんで引き戻した。ドアを閉め、彼女の手からキーを奪う。

「な、何を……」

ナターシャの抗議を無視して、レオは自分の車が止めてある場所へと彼女を引っ張っていった。

「自分で運転できるわ！」彼の意図に気づいたナターシャは抵抗した。

「無理だ」

「でも――」

「もうじきリコが下りてくる。すぐに決めるんだ、ナターシャ。ぼくとリコのどちらと顔を突き合わせるのがましか！」

あまりに残酷な言い方に、ナターシャの心は押しつぶされ、よろよろとその場にくずおれそうになった。手からボトルが滑り落ちる。

レオが助手席のドアを開け、乗るように促すと、ナターシャはおとなしく従った。彼は険しい顔でドアを閉め、タイミングよく現れたラスマスに彼女の車のキーを無言で放《ほう》り投げた。ラスマスはすべて心得ていて、すぐに姿を消した。

ミネラルウォーターのボトルにはかまわず、レオは運転席にまわって車に乗りこんだ。ナターシャは助手席で体を丸め、黒いバッグを握りしめる自分の手をじっと見つめていた。

レオはただちにエンジンをかけてギアを入れるや、タイヤをきしませて出口へと向かった。地上に出ると、昼下がりの日差しと街の喧騒《けんそう》が彼らを迎えた。

数分後、自動車電話が鳴り、ダッシュボード上の画面にリコの名前が表示された。レオは喉まで出かかった罵声《ばせい》をのみこみ、ハンドル上のボタンを押して電話を切った。するとすぐ、ナターシャのバッグの中で携帯電話が鳴った。

「放っておけ」レオは吐き捨てた。

「わたしが電話に出るような間抜けに見えるの？」ナターシャは声をつまらせて言い返した。

二人は押し黙ったまま、留守番電話に切り替わるまで呼びだし音を聞いていた。車がロンドン市内を走り続ける間、彼女の携帯電話は繰り返し鳴った。怒りのあまりレオの全身に興奮物質《アドレナリン》があふれ、ハンドルを握る手に力がこもった。

どちらもまったく口をきかない。口を開けば必ず悪態をついてしまうと、レオはわかっていた。それでは彼女を、さらに青ざめさせるだけだ。

ナターシャは自分だけの世界に閉じこもり、目撃した光景を思い浮かべていた。シンディの奔放な行動には手を焼いていたが、まさかあそこまで恥知らずなことをするとは……。

机の上に横たわって自分を見つめる妹のまなざしを思い出し、ナターシャの胸に苦いものがこみあげた。あのとき、シンディの顔には一瞬勝利の色が浮かんだ。すぐに見慣れた反抗的なふくれっ面に戻ったものの、あのまなざしからして、シンディがリコとあんなまねをした動機は明らかだ。妹は本気でリコを欲しがったのではない。彼のことをそれほど好きとも思えない。シンディは姉の持つものをなんでも横取りすることに喜びを感じているのだ。

骨の髄まで自己中心的な妹……。ナターシャは悲しかった。両親は、シンディが天からの最高の贈り物だと信じ、甘やかし放題で育てた。妹はナターシャより美しく、より活発でユーモアのセンスがあり、何をやってもナターシャの上をいった。

さらに彼女は、小鳥がさえずるような声の持ち主で、全国放送の歌唱コンテストに出場を果たすや、またたく間に国じゅうに知られる有名人になった。美しい容姿も手伝い、今や彼女はイギリスのポップス界の有望株だ。シンディは神に祝福された子だと言って、両親は喜んだ。

一方のナターシャは、才能に恵まれた妹の人生がうまくいくように調整をするのが仕事となり、影のように妹に付き添う存在と化した。にもかかわらず、シンディには日ごろからうとまれていた。姉は自分のおかげで甘い汁を吸っている、と。

なぜわたしは、こんな役目を引き受けてしまったのだろう？　どうして自分の人生を放棄し、わがままな妹の子守りをしているの？　ナターシャはひどく不快に感じながら自問した。

年老いた両親にこの役目は無理だとわかっていたから。シンディの歌の才能が見いだされたときから、利己的な妹が道を踏み外さないためには誰かの助けが必要だと気づいていたから。

認めなさい、ナターシャ。最初はあなただって、妹の輝かしい人生にかかわれて興奮していたはずよ。

確かに、わたしはシンディに憎まれている。非難されたこともある。〝姉さんはわたしのおこぼれにあずかっている〟と。

「何か言ったか？」

レオにぶっきらぼうに尋ねられ、ナターシャは無意識に胸の内を声に出していたことに気づいた。

「いいえ」ナターシャはとっさに否定した。

しかし、シンディの言葉はまさに的を射ていた。妹の人気のおこぼれにあずかる情けない姉……。

リコと出会い、ナターシャはひとりの人間としての自分を再発見した気がした。彼女は愚かにも、リコに愛されていると思っていたが、妄想にすぎなかった。彼の目的はシンディだったのだ。

リコがシンディと、わたしに対してはずっと自制していたことを妹と……。お笑いぐさだわ。悲痛なすすり泣きがナターシャの喉からもれた。

「大丈夫か？」レオが尋ねる。

大丈夫なわけがないでしょう！　ナターシャは叫びたかった。婚約者の浮気現場を目撃したばかりなのよ！　しかも、相手は妹だなんて！

「ええ」彼女はやっとの思いで答えた。

信号待ちでレオがちらりと助手席を見ると、彼女はうなだれたままの姿勢でバッグを握りしめていた。リコはこのナターシャとも机の上で愛し合ったことがあるのだろうか？

まるでレオの胸中を読んだかのように、ナターシャは不自然なくらいに毅然《きぜん》と顎を上げ、目をまっすぐ前方に向けた。

貞淑な聖母マリアの横顔だ、とレオは思った。しかし、彼女の唇に目を留めるなり、彼の思いは一変した。薄い上唇にふっくらした下唇。柔らかくセクシーで、まるでキスをせがむようだ……。また、レオの下腹部が熱くなった。嫌悪と怒りがまだぼくを興奮させているのか？　レオはいぶかった。

しかし、レオにはわかっていた。リコのアパートメントで開かれた婚約パーティでナターシャに初めて会ったときから、彼女に惹《ひ》かれていた。パーティにはシンディもいて、スターのみが持つオーラで出席者たちをわかせ、主役の座を奪っていた。クリーム色の薄い素材のドレスがシンディの小枝のような体を包み、彼女の細さを際立たせていたのがきのうの出来事のように思い出される。ふわりと下に垂らしたブロンドの髪が小ぶりの顔を縁取っていた。

主役のはずのナターシャが地味で黒いドレスを着ていることに、レオは驚いた。

〝婚約のお披露目《ひろめ》にふさわしいドレスじゃないな〟

そのとき彼女にそう言ったのを、レオは鮮明に覚えている。いやみに聞こえる言葉は自分の胸にしまっておくべきだった。結局、彼女を怒らせてしまい、冷たい目でにらまれる羽目に陥った。

以来、二人はかろうじて礼儀正しい挨拶《あいさつ》を交わすだけの間柄になった。

ナターシャは即座にぼくを嫌いになった、とレオは苦々しく思った。彼女は長身で無愛想で無遠慮なギリシア人が嫌いなのだ。ぼくは小枝のような体つきのやかましい小娘が嫌いだ。もっと女らしい体が望ましい。そう、ナターシャのような……。

リコの好みは違う。

車が橋に差しかかった折、レオは眉を寄せた。なぜリコはナターシャに言い寄ったんだ？　妹に近づくために姉を誘惑したのか？　ナターシャは遊びでつき合える女性ではない。いくら自分勝手なリコとはいえ、言い寄ってから結婚を決めるまでの間に、良心がとがめなかったのだろうか？

いや、現に妹に手を出した以上、もともと良心など持ちあわせていなかったのだ。レオは険しい形相でアクセルを踏み、信号が黄色に変わった交差点を抜けてほどなく左折した。

「どこへ行くの？」ナターシャはとっさにきいた。

「ぼくの家だ」

「でも……」

「自分のアパートメントに帰るほうがいいか？　妹と一緒に住んでいるんだろう？　シンディがリコと一緒に現れるのを待ち、彼らが許しを請うのを見たいのか？」

「いいえ」ナターシャは身震いした。

レオはなおも続けた。「スターであるシンディにはきみのマネジメントが必要だ。リコには、母親を喜ばせるためにきみが必要だ。アンジェリーナはきみを気に入っているし、かわいい息子を放蕩《ほうとう》生活から救ってくれる救世主だと信じているからな」

それだけなの？　リコは母親を安心させるためだけにわたしに結婚を申しこんだの？

初対面のときにアンジェリーナがほっとしたような笑みを浮かべたのを思い出し、ナターシャの目に熱い涙がこみあげた。リコと食事をしていたレストランで、彼の母親と鉢合わせしたときのことだ。

〝なんていいお嬢さんかしら〟アンジェリーナは言い、以来、それは彼女の口癖となった。

リコはあのとき、わたしとの結婚を思い立ったのかしら？　実際、彼のプロポーズはそのわずか数日後だった。ナターシャはチャンスとばかりに飛びついた。今にして思えばばかげている。あの時点ではまだ、一度キスを交わしただけの間柄だったのに！

わたしはリコの好みのタイプではない。リコの好みはシンディのような華奢な女性だ。わたしは彼の母親の好みなのだ……。車窓を凝視するナターシャの胸は今にも張り裂けそうだった。

ハンドルを握るレオも、真実に気づいていた。シンディに欲望を感じていたリコがナターシャとの結婚を決めたのは、母親の機嫌をとりたかったからだ。リコはアンジェリーナに奔放な暮らしぶりを再三注意されていたが、彼がクリスタキス企業帝国に近づくためには母親の存在が不可欠だった。

だからこそ、リコはナターシャを利用した。レオをさんざん振りまわしたのと同じ理屈だった。

レオの父親が八年前、十八歳の息子を連れたアンジェリーナを後妻として家に迎えて以来、レオの人生は翻弄《ほんろう》されっぱなしだった。アンジェリーナが二人の息子を比べ、あまりの違いに神経質になったため、レオは奔放なリコに、クリスタキス家の一員としての自覚を持たせようと躍起になった。父はアンジェリーナの喜ぶ顔を見るためならなんでもした。二年前に父が急死したとき、レオは父の遺志を尊重し、義母を大切にした。アンジェリーナは心から父を愛し、父の死に打ちひしがれていたからだ。

しかし、そろそろ潮時だ。今後はアンジェリーナとリコには自分の面倒は自分で見てもらう。二人の問題を代わりに解決してやるのはもううんざりだ。

横領の件も、リコ自身に責任をとらせよう。そう思ったとたん、レオは眉をひそめた。そもそもなぜ自分がリコの部屋を訪ねたのか、その理由を不覚にも忘れていたのだ。リコのもうひとつの問題はナターシャだった。レオは彼女に視線を走らせた。顔色が悪く、今にも戻しそうだ。いや、このクールで上品な女性にかぎって、上等な革張りの車内で醜態をさらすなどありえない。

そのとき、レオの脳裏に、ある疑問が浮かんだ。これだけ品位のある女性がなぜリコのような軽薄な男に惹かれたんだ？

新たな怒りがわいて、レオのはらわたは煮えくり返った。「だが、考えてみれば」黙っていたほうが懸命だとわかっていたが、無理だった。「彼らは、きみとリコより似合いのカップルだ。あいつがシンディのようなタイプが好きなのは、きみもわかっているだろう? あいつはヨーロッパじゅうで派手に遊び歩いてきた男だ。なぜ多くの女性の中から自分が選ばれたのか、きみはいつも自問していたんじゃないか?」

非情な言葉の連発に、ナターシャの目頭はいっそう熱くなった。胸がきりきり痛む。

「彼に愛されていると思ったのよ」彼女はどうにか言った。

「机の上で妹と楽しんでいたのがその答えだ。重役会議に出席して自己弁護するべきときに」

「自己弁護?」ナターシャが顔を上げた。

レオは返事をせずに車を駐車場に入れ、車から降りた。リコが犯した罪のせいで暴力的な気分に駆られ、そんな自分にいらだった。レオは車の前をまわって助手席のドアを開け、いやがる彼女の手首をつかんで無理やり引っ張りだした。彼女のバッグの中で再び携帯電話が鳴っている。ナターシャがそれに気をとられている隙《すき》に、レオは彼女を家へと連れていった。

レオはナターシャを居間のソファに座らせ、酒類のボトルが並ぶサイドボードに歩み寄った。

彼は自分の手が震えていることに気づいて顔をしかめつつ、ブランデーのボトルとグラスをサイドボードから取りだした。それからグラスを琥珀《こはく》色の液体で満たして、ナターシャのそばへ戻る。彼女は黒のハンドバッグを膝にのせ、ソファの端にきちんと脚をそろえて座っていた。

「さあ、飲むんだ」レオはナターシャにグラスを手渡した。「少しはくつろげるだろう」

ナターシャはいきなり立ちあがり、レオの顔にグラスの中身をぶちまけた。

「じ、自分を何さまだと思っているの、ミスター・クリスタキス？　わたしを手荒く扱って。あなたの話を聞いていると、まるであなた自身がひどい裏切りに遭ったみたいだわ。あるいは図星？　わたしにつらく当たるのは自分がシンディを抱きたかったからじゃないの？　それで怒っているんでしょう？」

顎からブランデーをしたたらせながら、レオはナターシャをにらみつけた。「違う。ぼくが抱きたいのはきみだ」

それは、世界有数の企業グループの総帥、レオ・クリスタキスの宣戦布告ともとれるせりふだった。

2

ナターシャは呆然《ぼうぜん》とし、居間は沈黙に包まれた。びしょ濡《ぬ》れになったレオの顔を見つめ、ブランデーがまだグラスに残っていればいいのに、と彼女は思った。

「よ、よくもぬけぬけと」ナターシャは怒りに声を震わせた。「こんなに傷ついているわたしに、そんな冗談を浴びせるなんて！」

「冗談ではない」口にするなり、それが紛れもない真実であることに気づき、レオは顔をしかめた。ナターシャに初めて会ったときから、欲望を感じていた。そこには冗談のかけらも見当たらない。むしろ、今さらそれを認めていることのほうが冗談に思えた。

レオは上着のポケットからハンカチを出し、顔をぬぐった。

「きみは男というものを誤解しているようだ、ナターシャ。髪を引っつめにして、きちんとした服を着ていれば男の好奇の目をそらせると思っているようだが、とんでもない間違いだ」

ナターシャは目をしばたたいた。

「すべての男が、学校を卒業したばかりの拒食症気味のポップスターが好きなわけじゃない。どうぞ食べてと言わんばかりの女性より、挑戦しがいのある女性を好む男もいる」

ナターシャはとっさに両手で胸もとを押さえた。彼の目を見れば、次に何を言うつもりかすぐにわかった。

「服を脱いでぼくの好奇心を満たしてくれるのか？　それは予想外だな」ナターシャのしぐさを見て、レオはにやりとした。

「なぜそんなことを言うの？」ナターシャは心底困惑した。「あなたに娼婦《しょうふ》呼ばわりされる筋合いはないわ」

「どれほど切羽つまっても、きみに娼婦のまねは無理だ。そこがきみの大きな魅力なんだ。あんな妹を持ちながら、少しも染まらない」

ナターシャはレオを凝視して自問した。こんな不当な扱いを受けるようなまねを、わたしは何かしたかしら？「不愉快な人ね。それに実にくだらない会話だわ」

ナターシャは勢いよく立ちあがった。そのはずみでバッグが床に落ちる。彼女はそれを急いで拾い、精いっぱい威厳を保ってドアのほうへ向かった。

「きみの言うとおりだ」レオが応じる。

「言われなくても知っているわ」ナターシャは立ち止まったものの、振り返りもせずに言い返した。

「わかった」レオはうめくように言った。「すまなかった。これでいいか?」

なぜ謝るの? わたしの置かれた状況をあざけり、皮肉たっぷりの持論を展開したから? ナターシャは、背筋をぴんと伸ばして胸を張った。「わたしはあなたに、ここに連れてきてほしいと頼んだ覚えはないわ。そもそも、あなたに何かを頼んだことは一度もない。確かにわたしの妹は遊び人よ。あなたの弟と同じく。でも、そういう身内の事情以外にわたしたちに共通点はないし、話し合うこともないわ」

そう言い捨てて、ナターシャは再びドアに向かって歩き始めた。一刻も早く立ち去りたかった。

そのとき、バッグの中でまた携帯電話が鳴った。さらに彼女の動揺をあおるかのように、家の中でも電話が鳴り始めた。ナターシャは混乱して立ち止まった。頭の中で、二つの電話がけたたましく鳴り響く。

続いてドアがノックされ、ノブがまわった。反射的にリコだと思い、ナターシャはあとずさった。おそらく彼女はふらついたに違いない。逆らう間もなくレオに両手をつかまれて振り向かせられ、たくましい胸に抱き寄せられた。

「落ち着くんだ」レオは低い声でつぶやいた。

その声に胸の先端が共鳴するのを感じ、ナターシャは身を震わせた。

「まあ、すみません、だんなさま」甲高い女性の声が聞こえた。「てっきりおひとりだと思ったものですから」

「見てのとおりだ、アグネス」

いつもどおりの無愛想な言い方だった。ギリシア人の血が半分入った家政婦は、主人のそんな口調に慣れている。義理の弟の婚約者が主人の胸に抱かれているのを見て、彼女の目は一瞬好奇の色を帯びたが、主人の顔に視線を戻したときには普段どおりに戻っていた。

「ミスター・ジャンネッティから何度も電話がありました。ミス・モイルズとお話ししたいそうで」

ナターシャが震えだすのを感じ、レオは彼女の背中を撫《な》でてなだめた。「ぼくたちはここにいない。この家には誰も来なかった」

「承知しました、だんなさま」

アグネスは出ていき、あとには沈黙と緊張が残った。自分が今何を感じているのかわからず、ナターシャはよろめきつつレオから離れた。「き、きっと誤解されたわ」頬がかっと熱くなる。

「家政婦の仕事はよけいな詮索《せんさく》をすることではない」

レオはブランデーをつぎに戻った。ナターシャは再び、弱々しくソファに座りこんだ。

「さあ」レオは彼女の前にしゃがみこみ、グラスを差しだした。「ただし、今度は飲んでくれよ。ぼくの顔にぶちまけずに。そうすれば少しは気分がよくなる」

そっけない口調ににじむユーモアに、ナターシャは罪悪感を覚えた。「ごめんなさい。なぜあんなことをしたのか自分でもわからないわ」

「気にするな」レオは口もとをゆがめるようにして笑った。「駐車場でひっぱたかれたり、顔に酒をかけられたりするのは慣れている。ぼくは不愉快な男だからな」

レオの唇が引き結ばれたとき、ナターシャは初めてその形の美しさに気がついた。薄いけれど……すてきな唇だ。

次いでナターシャの視線は、磁石のように彼の目に吸い寄せられた。黒い豊かなまつげに縁取られたダークブラウンの目は、彼の顔に思いがけない魅力を添えている。鼻の中央にある傷跡のおかげで、完璧《かんぺき》すぎるいやらしさから免れている。それでも、彫りの深い荒々しい顔だちはとてもハンサムだ。今まで気づかなかったのが不思議なくらいだった。

年齢はわたしよりずっと上だ。たしかリコより八歳上だから、わたしとは十歳も離れている。その年齢差は、彼のぶっきらぼうな口調に如実に表れていた。

とはいえ、外見は若々しい。蜂蜜《はちみつ》色の肌は張りがあって、皺《しわ》もない。わたしの前ではよく眉間《みけん》に皺を寄せているけれど……。

ナターシャは無意識のうちに、レオを観察しながらブランデーをなめていた。上着に隠された筋肉質の広い肩や引き締まった上体に視線を這《は》わせる。立ちあがったときの彼はリコより十センチ近く背が高い。黒い髪はリコより短く、鋭い顔の輪郭によく合っていた。

ナターシャはよからぬことを考えているらしい。ピンクの唇を突きだしかげんに見つめているのに気づいて、レオは苦々しげに思った。

「きみは何歳だ、ナターシャ?」彼は好奇心に駆られて尋ねた。「二十六か、七か?」

ナターシャの目が三角になった。「二十四よ! またひとつ侮辱の回数が増えたわね!」

「数えているのか?」

「そうよ!」

ブルーの目に怒りをたたえたときの彼女はすこぶる魅力的だ。レオはその場にしゃがんだまま、次に何をしようかと考えた。

ナターシャに飛びかかってキスをすることもできる。奇妙にも、彼女はそれを望んでいるように見えた。ナターシャの握りしめているグラスを優しく取りあげ、目の前に引き寄せて肩を貸して、思う存分泣いてもらうこともできる。

レオの中で何かがうずいた。性的な衝動とは別物だった。ナターシャの震える体、ブランデーを飲むたびに上下に動く白い喉、ほどけそうになっているブロンドの髪が、レオを刺激した。

「そろそろ帰らなくちゃ」ナターシャは気もそぞろにつぶやいた。

「まずブランデーを全部飲むんだ」レオは穏やかに促した。

ナターシャは自分がきつく握りしめているグラスをじっと眺めてから、残りを口に運んだ。柔らかな唇がつやを帯びるのを見て、レオの中のうずきが欲望へと変わった。

玄関の呼び鈴が鳴った。

リコがナターシャを呼んでいる。

驚いて顔を上げたナターシャは、その拍子にグラスを床に落とした。琥珀《こはく》色の液体がカーペットに広がり、部屋はたちまち香気に満ちた。

「ナターシャ……」倒れるのではないかと思い、レオは手を伸ばして彼女を支えた。

しかし、次の瞬間ナターシャがとった行動に、レオは息をのんだ。レオが引き寄せるまでもなく、ナターシャは彼の脚の間に自らひざまずき、首にしがみついてきたのだ。懇願と狼狽《ろうばい》の入りまじった目でレオを見つめている。

「リコを中に入れないで」

「わかっている」

「もう顔も見たくないの」

「絶対、中には入れない」レオは約束した。

リコが再び彼女の名を叫ぶと、ナターシャは思わずレオのうなじに爪を立てた。リコを厳しい声で叱責《しっせき》する家政婦の声が聞こえる。

「胸がどきどきして、ろくに息もできないわ」ナターシャは苦しげにささやいた。

レオは挑戦意欲をかきたてられた。抑えるべきだった。抑えるべきだとわかっていた。

しかし、気づいたときには挑発の言葉を口にしていた。「もっとどきどきさせてやろうか？」

彼女の注意をリコからそらせるために言ったのだとしたら、それは功を奏した。ナターシャは息をのんだ。すると、レオはあざけるように眉を上げ、欲望の赴くままに身をかがめて彼女の唇を奪った。

まるで感電したようだ。ナターシャはめまいを感じながらそう思った。体の隅々までびりびりとしびれている。こんな経験は初めてだった。レオが強引に唇を割ってくる。ナターシャは喜びに震え、うめき声をもらした。

レオは彼女をさらに抱き寄せてキスを深めた。リコの叫び声が聞こえる中、何かがナターシャの下腹部を突きあげる。その正体に気づいて彼女はうろたえたものの、五感は激しく息づいていた。

レオは背中から腰へと手を這わせ、いっそう強くナターシャを引き寄せ、柔らかな唇を貪欲《どんよく》にむさぼった。

なんてことかしら！　ナターシャは呆然とした。レオ・クリスタキスに好意さえいだいていないのに、彼の熱いキスに溺《おぼ》れているなんて！　けれど、こんなキスは生まれて初めてだし、こんな感覚も初めて経験する。彼女はもうろうとしながら、自分のうめき声と、それにこたえるレオの低いつぶやきを聞いていた。

またもリコの怒りに満ちた声が響いた。荒々しい声でナターシャを呼んでいる。彼女は我に返り、慌てて唇を引き離した。全身を震わせ、激しい動悸《どうき》で胸をあえがせ、レオを見つめる。そのとたん、机の上でからみ合うリコとシンディの姿が脳裏をよぎった。

バッグの中で携帯電話が鳴り始めた。シンディかもしれない……。裏切りの痛みがナターシャの胸をえぐったが、彼女の中ではすでに復讐《ふくしゅう》の炎が燃えあがっていた。

「ナターシャ、お願いだから話を聞いてくれ！」リコがいらだたしげに声を張りあげた。

ナターシャが身を震わせながらレオを見つめた。彼女の瞳の奥に、レオは強固な意志を感じ取った。ナターシャはぼくに身をささげようとしている。しかし、ぼく自身は今みたいな彼女が欲しいと思っているのか？　悲しみに打ちひしがれ、リコへの復讐に燃えている彼女が？

ナターシャはレオから離れ、震える指で自分のジャケットのボタンを外し始めた。一種の屈辱を感じ、レオは正気に返った。リコはいずれ室内に飛びこんできて、ぼくとナターシャが一緒にいるのを見るだろう。ぼくたちがリコのオフィスであの光景を目撃したように。

「やめるんだ、ナターシャ」

「止めないで！」

ジャケットの前が開かれ、二つの胸のふくらみを押しあげる白いニットが見えた。

レオはそのふくらみを凝視し、熱に浮かされたようなナターシャの目を見つめ、ののしりたくなった。ジャケットを脱ぐ彼女を止めようとしたが、懇願の表情を浮かべた彼女の青白い顔を見て、レオは凍りついた。ここで拒絶すれば、ナターシャはずたずたになるだろう。

ナターシャが喉をごくりと鳴らした。キスで熱を帯びた唇を開き、かすれた声でささやく。「お願い、レオ……」

レオは我を失った。ナターシャが彼から主導権を奪った瞬間だった。彼女はレオの首に腕をからませた。もはや彼にそれを止める力はない。レオは、彼女の白いニットの上からウエストの曲線をなぞった。彼の頭の隅にわずかに残っていた自制の言葉は今や跡形もなく消え去った。

ナターシャの唇がレオを誘う。美しい球状をした二つの胸にレオが触れると、彼女はあえいで身を震わせ、彼の首に爪を立てた。ナターシャのつややかなブロンドの髪がほどけ、背中で波打つ。レオは驚いていた。取り澄ました上品さと野放図な情熱。真っ白な肌と欲望に開いた唇。相反する二つのものが混在している。官能的な胸のふくらみは彼の手に余るほどだった。

ついに玄関のドアがばたんと閉まった。リコが立ち去ったのだ。

ナターシャはまったく反応しなかった。彼女の目にはまだ熱い炎が燃えている。今の音の意味に気づいていないのだろうか？

決断のときだ。レオはあえて自分に言い聞かせた。続けるか、やめるか。

そのとき、ナターシャは彼のうなじに爪を立ててキスを求めた。それでレオの心は決まった。

彼が屈服したことに気づいて、ナターシャは自らの勝利に狂おしいほどに酔いしれた。力強い高まりが下腹部に押しつけられるのを感じ、本能的に体を動かす。その瞬間、レオはかすれた声をもらし、彼女の二の腕をつかんで立たせた。そして抱きあげ、荒々しく唇を重ねたまま廊下を抜け、階段をのぼり始めた。

ナターシャが正気に返ったのはそのときだった。彼女は頭を引いて唇を離し、レオ・クリスタキスのダークブラウンの瞳をのぞきこんでから、夢から覚めたように周囲を見まわした。

ナターシャは初めて、廊下に人の気配がないことに気づいた。婚約者の裏切りを目撃するはずのリコの姿も、非難と驚きを必死に押し隠そうとする家政婦の姿も、そこにはなかった。

「目撃者がいないと知って、気が変わったのか？」レオは階段の途中で立ち止まり、険しい声でナターシャに尋ねた。

急いでナターシャがレオに視線を戻すと、彼の冷淡なまなざしが復活していた。

「いいえ」

ナターシャは息を吸いこみ、自分は本気だと気づいた。わたしはレオとの熱いひとときを望んでいる。ベッドに運ばれ、心からわたしを求めている男性と愛し合いたい。これまで持っていたうんざりするほど古風で時代遅れの慎みを打ち砕きたい！

「お願い」ナターシャはささやき、彼の唇にキスをした。「わたしと愛し合って、レオ」

しばしのためらいのあと、レオの目の奥に怒りの炎がともった。レオは再び階段をのぼりだし、夏の熱気がこもった寝室に彼女を運んだ。

レオは巨大なベッドに彼女を乱暴に下ろした。ナターシャが驚いて顔を上げると、レオは冷笑を浮かべて彼女を見下ろした。「ここで頭を冷やせ」それだけ言って、彼はくるりと背を向けてドアに向かいかけた。

「なぜ？」ナターシャは震える声で尋ねた。

「ぼくは、ほかの男の代用品になる気はない」

ナターシャは身を起こした。「あ、あなたはわたしを抱きたいとはっきり言ったわ」

レオは振り返った。「ぼくと抱き合っているところを見せつけてリコに復讐しようとするきみを見ているうちに、興味がなくなった」

「わたしはそんなつもりでは――」

「嘘《うそ》だ」レオは激しく言い返し、つかつかとベッドに近づくと、互いの顔が触れ合わんばかりに身をかがめた。「ぼくのキスに夢中になってリコのことをきれいさっぱり忘れていたというのか？　だったら、婚約者の裏切りに打ちのめされていた、さっきまでの姿はなんだったんだ？」

ナターシャは、顔を思いきり平手打ちされたかのようなショックを覚えた。彼の指摘が図星だったからだ。レオを誘ったとき、確かにナターシャはずっとリコのことを考えていた。なのに、自分と愛し合ってほしいとレオに懇願したのだ。弁解の余地はなかった。

でも、とナターシャは思い直した。レオはすぐさま反応し、いかにも手慣れたようにわたしの唇を求めたんじゃなかったかしら？　「あ、あなたは……ひどい人だわ」ナターシャは膝を抱え、そこに顔をうずめた。

そのとおりだ、とレオは認めた。二人の間で何が起こったにせよ、すべてを彼女のせいにするのはひきょうだ。ぼくにも責任がある。

レオは再びドアのほうへ足を向けた。もっと早くアテネに帰ればよかったのだ。そうすれば、こんなばかげた騒動に巻きこまれずにすんだものを……。

静寂を切り裂き、電話が鳴りだした。レオは上着のポケットから携帯電話を取りだし、画面をにらんだ。リコだろうという予想に反し、表示されたのは秘書の名前だった。重要な用件に違いない。レオは寝室を出てドアを閉めた。

ドアが閉まる音を聞きつけ、ナターシャは顔を上げた。傷心のわたしをひとり残し、彼は出ていった。彼はそういうことが平気でできるのだ。

ナターシャは激しい自己嫌悪に駆られ、ベッドの上で座り直した。大きなショックに襲われた数時間後に、また別の男性から屈辱を与えられ、身も心も張り裂けそうだった。

ここから立ち去らなくては！　ナターシャは靴を捜したが、見つからなかった。レオに抱きあげられたとき、靴が脱げて床に落ちる音を聞いた気がした。髪は乱れ、あざ笑うように顔のまわりで揺れている。あまりに夢中で気づきもしなかった。どうやってわたしは長年の抑制を解き放ったのだろう？

わたしはレオに見下されている……。ナターシャは震え、酔っ払いのようにふらふらとドアに向かい、階段を下りた。居間へ通じるドアはまだ開いている。ソファ近くの床にジャケットが脱ぎ捨てられているのを見て、涙がこみあげた。こぼれ落ちる前にと彼女は急いでジャケットを拾って羽織り、靴を履いた。

バッグの中で、また携帯電話が鳴りだした。彼女は残っていたわずかな気力を振り絞ってバッグから電話を取りだすや、力任せに床に叩《たた》きつけた。

呼びだし音がぴたりと止まった。

突然の静寂が頭の中でドラムのようにうなり、涙がガラスの破片のように目の奥に突き刺さった。ドアのほうを向くと、レオが立ちはだかっていた。ナターシャは涙ながらに告げた。

「お願い、どいて。今すぐ帰らせて」

レオは何も言わず、動こうともしなかった。腕を組んで彼女をじろりと見下ろすさまは、明らかに先ほどとは違う。劇的とも言っていい変化だった。

「な、何？」ナターシャはぞっとした。

そんな彼女を見て、レオは思った。もしこの場で〝この卑劣な泥棒め〟とののしったら、彼女はどんな反応を示すだろう、と。

「ちょっと興味深い事実が判明してね」レオは平静を装ってきいた。「ここを出てどこへ行くんだ？」

実際は平静どころか、レオはひどく混乱していた。ナターシャにだまされたという感情をどう抑えたらいいか見当もつかなかった。

ナターシャがリコの共犯者だとは、誰が予想しただろう？ぼくから盗んだ金を細い指で数えるとき、上品な仮面の下から強欲な素顔が現れるのか？

「リコを捜しにか？」何も言わない彼女にレオは尋ねた。

「違うわ！」ナターシャは心ならずもまた身を震わせた。「わたしのアパートメントに戻るのよ」

「いとしい妹はもう家に帰っていて、きみが帰宅したら勇んで抱きつくんだろうな」

シンディもこの詐欺に加担していたのか？レオは険しい目でナターシャを眺めた。今の彼女は喉もとまできっちりボタンを留めている。ほどけた髪と紅潮した頬とキスで腫《は》れた唇さえ見なければ、彼との間に起きた出来事などなかったかのようだ。

「だとしたら、どうだというの？　あなたには関係ないことよ。そもそも、なぜあなたが介入してきたの？　それに、わたしをここへ連れてきた理由もさっぱりわからないわ！」

「きみを落ち着かせるため安全な場所が必要だと考えたからだ」レオは冷ややかに応じた。

「安全な？　わたしを無理やり連れこんで、誘惑しようとしたくせに！」

レオが薄笑いを浮かべて肩をすくめた瞬間、ナターシャは一刻も早く逃げだしたくなった。震える脚であえて危険を冒し、彼に歩み寄る。その一挙一動をじっと見られていることに気づき、今にもナターシャは泣き叫んでしまいそうだった。

それでもレオは動こうとしなかった。近づけば近づくほどナターシャの動悸は激しくなり、彼に触れられるのを拒む気持ちと、それを期待する興奮とが胸の内でせめぎ合った。もう自分のことさえわからず、お手上げ状態だった。「そこをどいて」

レオは口をかすかにゆがめただけで、微動だにしなかった。「行かせない」

この人は頭がおかしくなったの？「行くわ」ナターシャは震える手で彼の胸を押しのけようとしたが、無駄だった。巨木を素手で動かすのに等しい。

「出ていかせないと言っただろう、ナターシャ」彼女の手をつかんでレオが冷淡に言った。

「ぼくは本気だ。少なくとも警察が到着して、きみを連行するまでは」

3

「警察ですって?」

「そう。より正確に言えば、会社詐欺捜査班だ」

「会社詐欺?」

意味がわからないとでもいうように眉を寄せるナターシャを見て、レオの口もとがゆがんだ。「会社の金をごまかして巻きあげることだ」彼は補足し、ナターシャを凝視した。

「横領からぼくの注意をそらすために、誘惑したんだろう?」レオの目が冷たく光った。

「なんのことか、さっぱりわからないわ」ナターシャは身を震わせ、つかまれた手を振りほどいてあとずさった。彼女は混乱し、いやな予感にさいなまれていた。「ちゃんと説明して」

「つまり、きみはこう言いたいわけだ。ぼくとベッドをともにしたいと強く望んだのは決して演技ではなかったと」

ナターシャは身を硬くし、頬が紅潮するのを意識した。「あのときは大きなショックを受けていたから……」

「むしろおびえていたんだろう。計画の最中に、リコの部屋であんな場面を見てしまって」

「計画ってなんのこと?」ナターシャは怒りと当惑がまじった表情で、落ちた髪をかきあげた。「リコと結婚する計画はあったわ。だめになったけれど。それからあなたがご親切に指摘してくれたように、リコと妹の情事を目撃したわ。その結果、自尊心と妹への愛を同時に失った挙げ句、誰かに求められたいという狂った欲望に身をゆだねたわ。その相手がたまたまそばにいたあなただった。あなたの気が変わって、それもまただめになったけど」

「きみがだまし取った金も同じ運命をたどる」レオはひとかけらの同情もこめずに言った。

「ついていない一日だったな、ナターシャ。人生最悪の日だ」

「だまし取った金って……いったいなんの話?」

レオは冷笑を浮かべ、サイドボードに歩み寄った。何か強い飲み物が欲しかった。ナターシャが彼の動きを目で追う。

レオはウイスキーをグラスにつぎ、ひと息にあおると、彼女のほうに向き直った。「ぼくは秘書のジュノに命じ、リコがぼくの会社から盗んだ金の隠し場所を調べさせた。その結果、金は外国の銀行の、きみ名義の口座に移されたことを突き止めたよ。だから、わざとらしい演技はやめろ、ナターシャ。きみの正体はもうばれている」

沈黙が垂れこめた。ナターシャは、あえぐことも、気を失うことも、否定や言いわけの言葉を並べようともしなかった。

レオはその場に立ちつくし、唖然《あぜん》としているナターシャを見つめた。彼女の唇は今なお魅力的だった。レオは自分に猛烈に腹が立ち、グラスを床に叩《たた》きつけた。これほど簡単に、上品な仮面にだまされるなんて、愚かにもほどがある！

ナターシャは宙をさまよっている気分だった。リコがレオからお金を盗んだ。しかも、それをわたし名義の口座に隠すなんて！ ナターシャはこの日何度目かの吐き気に襲われ、口を手で覆った。彼女をにらむレオの強い怒りとさげすみが、荒れ狂う波のように次から次へと押し寄せてくる。

「倒れる前に座ったほうがいい」レオは感情をこめずにナターシャを促した。

彼女は何も言わずに従い、手近な椅子に腰を下ろした。ブロンドの髪を垂らしたまま、犯罪に染めた手で、罪悪感のにじむ顔を覆っている。レオの怒りはさらにつのった。

ナターシャは途方に暮れていた。リコの盗みの話を聞かされたのがきのうだったら、彼女は信じなかっただろう。しかし、あの醜悪な光景を目撃してしまった今、レオの話にわずかな疑問も見いだせなかった。

わたしはリコにだまされた。彼の魅力的なまなざしや輝かんばかりの笑みも、耳に心地よい愛の言葉も、すべてが嘘《うそ》だったのだ。考えてみれば、〝きみの純潔を奪いたくないから〟と言って、リコはわたしをベッドに誘わなかった。それを彼の優しさだと思っていたなんて！ そして事もあろうに、わたしを泥棒に仕立てようとしていたなんて！

取り乱しそうになる自分を、ナターシャは懸命に抑えた。「お金は引き落とせるようになったらすぐに返すわ」

「そう願いたいものだな。きみが落ち着いたら、ただちに手続きをしに行こう」

レオの言葉にナターシャは青ざめた。「でも、まだお金には手をつけられないの」

「打ちひしがれたような演技はやめろ、ナターシャ。そんな言いわけで、今すぐ金を返さなくてすむと思ったら大間違いだ」

「いいえ、本当に返せないのよ！」ナターシャは震えながら立ちあがった。「結婚式の前日にならなければお金に手をつけられないの！ 税法の抜け穴だとリコは言ったわ。わたし名義の口座に一時的にお金を入れて凍結し、結婚前日になったら新しい姓の別口座に移すの。その方法はあなたから教わったとリコは言っていたわ」

レオは怒りを爆発させた。「薄汚い詐欺にぼくの名を出すな！ 見え透いた嘘をついたところで、この件への関与は免れないぞ、ナターシャ！ ただちに金を返すか、警察に行くか、二つにひとつだ」

恐ろしい形相でレオにつめ寄られ、ナターシャはあとずさった。ふくらはぎが椅子に当たって後ろに倒れこみ、本能的に彼の暴力を防ごうとして両手を上げる。

おびえる彼女を見て、レオの怒りはいっそうふくらんだ。「ぼくは女性を殴ったりはしない」怒鳴りつけるなり背を向けて、彼は部屋から出ていった。

警察に電話をする気だわ！　ナターシャは恐怖に駆られ、ふらふらと立ちあがってレオのあとを追った。彼に近づくのは怖いが、制止しなければもっと恐ろしい目に遭う。

レオは向かい側の部屋に入った。本棚の並ぶ書斎らしき部屋で、机に近づいて受話器をつかむ。

「レオ、お願い……わたしを信じて。リコがお金を盗んだなんて知らなかったわ！」ナターシャはパニックに陥っていた。「リコはわたしをだまし、お金をわたしの口座に移したのよ。リコが最初に、あなたをだましてお金を盗んだように！」

最後の言葉はまったく効果がなかった。レオは表情ひとつ変えず、電話番号を押し始めた。ナターシャは彼のもとへ飛んでいき、腕をつかんだ。こわばった筋肉から、彼の怒りと拒絶が伝わってくる。

「リコはわたしに、二人の将来のためだと言ったのよ」ナターシャは震える声で言った。

「お金はあなたのお父さまがリコに残したもので、あなたが委託管理していたものだと。あなたはそのお金を――」

「リコに与えて厄介払いしたがっている。そのためなら法を破ってもいいと思っている、と？」

「ええ、それに近いことを言ったわ。あなたがそれを嘘だと言うのなら、リコはわたしにも嘘をついていたことになる。だからわたしは……」

電話が元の場所に戻された。レオがいきなり振り返り、気づいたときにはナターシャは彼に腕を取られて引き寄せられ、熱い怒りのキスを受けていた。罰するためだけのキスだったが、ナターシャは夢中でこたえ、レオにしがみついた。彼の唇が離れたとき、彼女はまたも自制心を失ったことに愕然《がくぜん》とした。

「ひとつアドバイスをしよう」レオはいらだたしげに言った。「誘惑路線を貫くほうが、ぼくにはよほど効果的だ。無実の嘆願をするよりは」

レオは彼女の腕を一度締めあげてから突き放し、再び受話器をつかんだ。

ナターシャの心臓は恐怖のあまり、大きな鼓動を打っていた。「信じて。あなたが待ってさえくれたら、六週間後には一ペニー残らず返すわ。だからお願い、警察には電話しないで。あなたの通報でリコが逮捕されたら、彼のお母さまはどれほどショックを受けるか。アンジェリーナは――」

「きみはろくでなしを愛したんだ」レオはナターシャの言葉を荒々しく遮った。

「ええ、初めのうちはね。彼にちやほやされて……軽薄だと思われてもしかたがないけれど、見事に引っかかってしまったのよ。だって……」わたしは救いようのない愚か者だったから。ナターシャは胸の内でつぶやいた。ええ、そうよ。みんな、そう思っているに違いない。「わたしとシンディの関係が悪化していたから。わたしは無意識に解決策を求めていたんだと思う」

その解決策を提示してくれたのがリコだった。彼と結婚すれば、家族間で揉《も》め事《ごと》を引き起こすことなく、この状況から抜けだせる。リコの故郷のミラノで、新しい暮らしを始められる。わたしはそのチャンスに飛びつき、リコと恋に落ちたと信じた。わたしはリコの本当の姿に目をつぶっていたのだ。

「前から気づいていたわ。わたしが求めているのはリコじゃない、と。それを今日、彼に言いに行ったの。なのに、あんな場面にでくわす羽目になるなんて。それで……」

「ジュノ、ぼくだ」

レオの声に、ナターシャは口をつぐんだ。

「ミス・モイルズの調査は中止だ。どうやら誤解があったらしい。アテネ行きの飛行機を待機させ、ミス・モイルズの名前を乗客名簿に追加してくれ」

受話器が置かれた。ナターシャはとまどい、呼吸が乱れた。

「いったい、どういうこと？」

「きみはどう思う？」レオはきき返した。「ぼくは金をすぐに取り返したいが、きみは六週間後でなければ返せないと言った。だから、それまできみから目を離すわけにはいかない」

「アテネになんか行かないわよ！」ナターシャは叫んだ。「いえ、あなたとはどこへも行きたくない」

「今のきみの状況から言って、そういう言動は控えたほうが身のためじゃないか」

「ど、どういうこと？」

「セックス」

そのショッキングな言葉がすべてに対する答えであるかのように、レオは物憂げに言った。

「きみにはそれしか交渉に使えるものがない。だから拒絶したら、この面倒な状況からは抜けだせないと思ったほうがいい」

話の先が見えてきて、ナターシャはかぶりを振った。「体で返済するつもりはないわ」

「ぼくもそんなつもりは毛頭ない」レオの口調は悪魔のささやきそのものだった。「ベッドの相手として二百万ポンドもの価値を持つ女性はいないからな。いかに魅惑的であっても」

意図的な侮辱に、ナターシャの頭は混乱した。だが、とっさにひらめくものがあった。

「ご、五十万ポンド。リコが開いた口座にそれくらいならあるはず……」レオのあざけるような顔を見た瞬間、ナターシャの声は先細りになった。

「四回の分割払いの一回分にすぎない。残念だったな」レオは冷淡に告げた。

「気は確かなの？」ナターシャはあえいだ。

「おとなになれ、ナターシャ」レオは彼女を愚弄《ぐろう》した。「きみは今、本物の男を相手にしているんだ。愛した男とはいえ、つまらない人間のために無駄な言いわけをするのはやめろ」

「愛してなんかいないわ！」

「これは純粋な取り引きだ」彼女の言葉が聞こえなかったかのようにレオは続けた。「今後はぼくの行く先々に同行し、きみ名義の口座の金に手をつけられるようになるまでの六週間、ぼくとベッドをともにしてもらう。返済がすんだあとは、すみやかにぼくの人生から出ていってくれ」

ナターシャの混乱はここに極まり、この非情な男性とすべての状況からすぐに逃げだそうと、くるりと体の向きを変えてドアに近づいた。

「どこに行くんだ？」冷酷な声が再び尋ねた。

「リコを捜しによ。あなたに真実を説明してくれるのは彼だけだもの」

「あいつの言葉をぼくが信じると思うのか？」

ナターシャは振り返った。彼にバッグを投げつけたい衝動を必死に抑えこむ。「二百万ポンドは一ペニー残らず返すわ。なんとしてもね！」

「ユーロだ……」レオの物憂げな口調はナターシャを黙らせた。「本当なら、あの金はすべてユーロに換金されているはずだった」レオはユーロに換算した金額を告げ、肩をすくめた。

現在、ユーロがポンドに対して上がり続けていることはナターシャも知っていた。

「為替レートに変化がなければ、ユーロでもポンドでも同じだが。それにぼくは、この貸付金に対して利子も請求するつもりだよ」

「虫唾が走る男ね」ナターシャは呆然《ぼうぜん》とし、そう毒づくのが精いっぱいだった。

「ぼくのキスで我を忘れるほど興奮できるのは、きみにとって幸運だったな」

「リコと話をさせて」ナターシャは言い張った。

「まだ逃げられると思っているのか？」

「違うわ！　彼に真実を説明させたいの。たとえあなたが信じないとしても！」

感情とは裏腹に、レオは冷静そのものの顔で彼女を観察した。内心では彼は猛烈に怒っていた。怒りの矛先はほかの誰でもなく、自分自身だった。ナターシャ・モイルズをリコの共犯者と見抜けず、クールで上品な女性だと信じていたとは！

「ジュノの情報では、リコはすでに国外へ逃げたそうだ。ロンドンの空港から友人の所有するジェット機に乗ってね。あとに何が起こるか察知するのは、きみよりリコのほうが早かったな。あいつはこの家を出てすぐジュノと電話で話し、自分が疑われていると知った。

そして責任をとらせるために、きみを置き去りにしたんだ」

置き去りに？　その言葉はナターシャにとってあまりに残酷だった。「だったら、あなたは警察にわたしを突きだしたほうがいいわね」彼女は力なくつぶやいた。

レオは顔をゆがめた。「確かにそれもひとつの方法だ。しかし、きみにはほかの選択肢もある。きみが持つ唯一の財産を使ってね」

再びアテネ行きを持ちだされ、ナターシャは身をこわばらせた。「あなたにとって、盗まれたお金は取るに足りないものなんでしょう？」

レオは肩をすくめた。「そのとおりだが、きみにとってはそうじゃない。そこがぼくときみの違うところだ」

その点に関して議論の余地はない。代わりにナターシャは彼をにらみつけた。「だから、あなたはわたしの体を求めているのね」それをセックスと呼ぶことはできなかった。「その見返りに、警察には連絡しないと約束してくれるの？」

用心深く言葉を選ぶ彼女に向かってレオはほほ笑んだ。「きみは上品ぶるのが実にうまい。キスで腫《は》れた唇を見れば、きみの本当の姿は一目瞭然《いちもくりょうぜん》だ。髪がほどけてしまったのは残念だな」

レオが手を伸ばし、髪に触れてきたとき、ナターシャはひるむまいと必死にこらえた。

「言うことを聞いたら警察には知らせないと約束して」

もう一方のレオの指がナターシャの腕を這《は》いあがる。「自分にはほかに交渉手段がないと、きみは自覚しているんだろう?」

唇をぎゅっと結び、ナターシャはうなずいた。レオの手が肩に達したとき、彼女の心臓は早鐘を打っていた。「あなたの道義心が頼りよ」

「ぼくに道義心があると思うのか?」

「ええ」ナターシャの口から硬い息がもれた。彼女は信じる必要があった。さもなければ、この状況に立ち向かうことはできなかった。

レオは彼女のうなじを愛撫《あいぶ》し、それから顎をつかんで顔を上向かせた。ナターシャはわずかにあとずさった。ウイスキーの香りのする温かな息が顔にかかり、彼女の唇を開かせる。

「だったら、約束しよう」レオは請け合った。

契約のキスに身を投げだしたとき、ナターシャの魂は人生で最も震えていた。

突然、ナターシャの携帯電話が鳴りだし、二人ははっとして身を離した。彼女は驚き、床に転がる電話を見つめた。床に叩きつけたときに壊れたと思っていたのだ。

身じろぎもできない様子の彼女を見て、レオは電話を拾いあげ、自分の耳に当てた。ファッションデザイナーからだ。シンディが、約束の時刻を過ぎても仮縫いに現れないと言い、その理由を尋ねていた。

「ナターシャ・モイルズは今後いっさい妹の行動に責任は負わない」レオはそう宣言し、電話を切った。

ナターシャは信じられないという表情でレオを見つめた。「何を言うの？」

レオは冷笑を浮かべた。「事実だろう？」

ナターシャは電話を取り返そうとしたが、レオはさっと身をかわし、上着のポケットに入れた。

「考えてもみたまえ。ぼくとアテネにいる間、どうやって仕事をするつもりだ？　妹に踏みつけにされるのは、もうおしまいにしたらいい」

その言葉がきっかけで、あの忌まわしい光景が脳裏によみがえった。リコはわたしを詐欺計画に巻きこんだだけでなく、シンディと一緒になってわたしを踏みつけにしたんだわ！　ナターシャはレオに背を向け、リコに簡単にだまされた自分を嫌悪し、そしてリコを恨んだ。シンディも同じだ。身勝手でわがままな妹は、ナターシャが気に入ったものをことごとく奪った。妹は昔から、どれだけわがままにふるまってきただろう？

ナターシャはふと、シンディにはもう自分は必要ないことを思い出した。つい最近、大手の芸能プロモーションが、彼女のマネジメントを引き受けることになったのだ。世間の関心を集めている華々しい会社だった。会社名を口にしたとたん、シンディは喜んだ。来週早々にもナターシャはシンディの子守りから解放され、結婚式とミラノへの引っ越しの準備に専念することになっていたのだ。

そして、シンディがリコとあんなまねをした理由にもようやく思い当たった。妹はもうすぐ望みのものをすべて手に入れる。大がかりな自分のマネジメントチーム、そして、うとましい姉に課せられていた節度からの解放。

ナターシャは手で口を覆った。指は震え、骨の随まで凍りそうだ。

「どうした？」レオが尋ねた。

ナターシャはただかぶりを振った。話せなかった。シンディはやはりシンディだった。姉がハンサムなイタリア人と手を取り合い、意気揚々と職を離れるのが許せなかったのだ。

〝わたしはリコと寝たわ、ナターシャ。さあ、早くわたしの前から消えて、彼と結婚してちょうだい〟

今にもシンディの声が聞こえてきそうだった。

それがシンディの餞別《せんべつ》だったのだ。

「まんまと罠《わな》にはめられたわ」ナターシャはつぶやいた。「シンディはわたしがリコに会いに行くとわかっていたのよ。だから妹は彼のオフィスに先まわりして、あの光景を目撃させたんだわ」

「妹が姉に対してなぜそんなことをするんだ？」

「実の姉じゃないからよ。わたしは養女なの……」

ナターシャは、年齢的にもう子どもは無理だとあきらめた両親に引き取られた。ところがその五年後、両親は実の娘を授かった。天からの尊い贈り物として、誰もがシンディを愛した。もちろんナターシャもシンディを愛していた。

レオは大きな手をナターシャの肩に置き、再びソファに座らせた。そして二杯目のブランデーをついできて、彼女に言った。「さあ、これを飲んで」

「いらないわ」ナターシャはグラスを見て顔をしかめ、首を横に振った。ひどい気分で、とても飲めそうにない。

彼はテーブルにグラスを置いて彼女の前に来ると、膝をついて座った。たくましい腿を広げ、その上にきちんと手を置いている。上等なスーツは皺《しわ》ひとつなかった。

唇はいかつく見えた。それでも、ナターシャにはなじみのある唇だった。彼女はほかのどの男性の唇より、その唇を知っている気がした。リコの唇よりも。「そんな目でわたしを見ないで」まるで本気で心配しているような目つきをしているレオに、ナターシャは反発を覚えた。

レオは顔をしかめるだけの余裕を見せ、立ちあがった。ナターシャも立ちあがる。全身が凍りついたように冷たい。自分は今ひとりぼっちだ。妹もいない。婚約者もいない。助けを求める両親もいない。両親は愛してくれたけれど、シンディに寄せる愛とは明らかに違っていた。両親にとっては、いつもシンディがいちばんだった。

「それで？　わたしに何をさせたいの？」ナターシャは冷ややかな口調で尋ねた。

「ぼくの望みはさっき言った」

「セックスね」ナターシャはどうにか口にした。

「セックスを侮辱してはいけない、ナターシャ。ぼくたちは互いに欲望を感じている。だからこそ、きみは多くの問題から逃れることができる」そう言って、レオはきびすを返した。

ナターシャはレオの広い背中を見つめた。彼はあまりに非情だ。誰が彼をそうさせたのだろう？

ナターシャはリコの話を不意に思い出した。レオは一度結婚したことがある。リコによると、レオの元妻は見事な黒髪と黒い目を持ち、ひと目で男性を興奮させる、ラテン系のセクシーな女性だったらしい。二人の結婚はわずか一年で終わった。たび重なる妻の浮気にレオが業を煮やしたからだという。

しかし、そんな女性と丸一年も続いたのだから、レオは彼女を愛していたに違いない。元妻はどれほど彼の感情を切り裂いたのだろう？　それが原因でこんな非情な男性になってしまったの？

まるでナターシャの考えを見抜いたかのようにレオが振り返り、彼女を見すえた。二人は見つめ合った。わかり合えそうな何かが二人の間でかすかに芽生え、レオのまなざしもそれを認めていた。

「行こう。承諾か拒絶か、急いで決めてくれ。飛行機が待っている」

レオのまなざしに感じたぬくもりは瞬時に消え、彼女を利用しようとする冷酷な表情に変わっていた。

飛行機が待っている……。また人に翻弄《ほんろう》され、自分の人生が棚上げされてしまう。胸に鋭い痛みを覚えながらも、ナターシャはそっけなくうなずいた。

レオが彼女を抱き寄せた。二人の間に情熱がほとばしり、彼の唇が下りてくる。ナターシャは頼りなげな抗議の声をもらした。それもつかの間、レオのキスが深まるや、彼女は喜びに身を震わせた。そして自分を見失いかけたとき、レオが唇を離した。

ナターシャの唇はキスで腫れていた。レオはすべてを忘れ、彼女を二階の寝室に連れていきたい衝動に駆られた。ボタンをきっちり留《と》めた青いスーツと悲嘆にくれた顔が、彼にどんな心理的影響を与えているか、ナターシャはまったく気づいていなかった。

レオは自分の衝動に当惑していた。仕事よりもナターシャのことを優先している。仕事中心の実業家がいつの間に、頭の中がセックスでいっぱいの男に成り下がったんだ？

頭だけじゃない、とレオは認めた。その場に立ちつくして懸命に体の反応を抑えつけなければならなかったからだ。出会った日からずっと、自分の理性はナターシャにむしばまれていた。レオはその事実から目をそむけてきたにすぎなかったのだ。

リコが失い、ぼくが手に入れたナターシャ・モイルズ。彼女はやがてぼくの手ほどきで情熱の炎を燃やし、余すところなくぼくにすべてをささげる。ぼくはその一瞬一瞬を楽しむだろう。六週間後、ぼくは金を取り返し、ナターシャから去る。そうすれば二度と彼女に気持ちを乱される恐れもなくなる。

それを達成することは、二百万ポンドの価値があるはずだ。

「両親にいきさつを話さなくては……」

「電話をかければいい、アテネから。そうすればきみの両親は反対できない」

「でも……」ナターシャは言葉につまった。

「醜悪な事実を面と向かって話したいのか？　きみとリコは詐欺を働き、もうひとりの娘は恋人泥棒のふしだらな女だと説明したいのか？」

レオの厳しい口調にナターシャはひるみ、降伏のため息をもらした。「アパートメントにパスポートを取りに戻るわ」

「よし、取りに行こう」レオは手を差しだした。

破滅への第一歩だわ。ナターシャは沈んだ気分で彼の手に自分の手を重ねた。レオの長い指が彼女の細く冷たい指を握る。彼の手は温かく、なぜかナターシャは力を与えられた気がした。

4

外に出ると、午後の日差しが優しく降り注いでいた。アパートメントに向かう車中、二人は終始無言だった。到着すると、車庫にはシンディのシルバーのスポーツカーが止まっていた。ナターシャの心は沈んだ。

「ぼくもついていこう」レオが険を帯びた声で言った。彼もその車を見つけたに違いない。有無を言わさぬレオの口調に、ナターシャはほっとした。シンディと一対一で会わずにすむ。

エレベーターの中で、ナターシャは再び気分が悪くなった。シンディと対決したくなかった。二度と顔も見たくない。

「一緒に中に入ってほしいか?」

彼の厳しくも優しい声に、ナターシャは息を吸いこみ、背筋を伸ばして首を横に振った。

ドアを開け、居間に入る。その瞬間、黒い革のソファから、シンディが勢いよく立ちあがった。

泣いていたのか、シンディの目は赤く、髪はひどく乱れていた。「いったい、どこにいたの?」彼女はいきなり詰問した。「電話したのに、なぜ出なかったの?」

「わたしがどこにいようと、あなたに関係ないわ」ナターシャは静かに答えた。

シンディはぎゅっと拳《こぶし》を握った。「関係あるわ。あなたはわたしに雇われているのよ! わたしが右を向けと言ったら右を向く。あなたはそれでお給料をもらっているんでしょう? 言わば、たかり屋なのよ。あなたがつかまらないで、わたしがどんなに困っているか——」

「当然の報いだ」低い声が割りこんできた。

レオの大きな体がドア口に現れ、シンディはその場で凍りついた。ばつの悪さで顔も首も赤くなり、ブルーの瞳が際立った。

「ミ、ミスター・クリスタキス」シンディは狼狽《ろうばい》して口ごもった。

ナターシャは居間を突っ切り、書類がしまってある金庫へ向かった。ちらりと見ると、妹は早くも、年長者に対するへつらいのような笑みを浮かべていた。

「まさかあなたがここに来るなんて……」シンディは、子猫のような声を出した。彼女にしてみれば、リコとの情事をレオに見られたのは、まったくの計算外だった。

レオは何も言わず、冷淡な侮蔑《ぶべつ》の表情を浮かべた。誰からもちやほやされているシンディは、そうした視線にも、無視されることにも慣れていなかった。彼女は急にすね、唇をとがらせた生意気な顔を姉に向けた。

「わたしの金庫で何をごそごそやっているのか知らないけれど――」

「黙れ、売女《ばいた》」レオがぴしゃりと言った。

シンディはさらに赤面した。「わたしにそんな口をきかないで！」

レオはごみを見るような目をシンディに向け、すぐにナターシャに視線を転じた。「必要なものは持ったか？」打って変わって優しい声だった。

なのに、なぜかナターシャは非難されているように感じた。涙をこらえてうなずき、震える脚でレオのもとへ引き返す。

シンディはおびえた顔で言った。「出ていっちゃだめよ。リコがパニックに陥って、あなたの居場所を知ろうとパパとママに電話したの。二人は今こっちに向かっているわ！」

ナターシャは妹を無視し、レオの立つドアのほうに意識を集中した。わたしは妹から離れなければならない。そう自分に言い聞かせた。離れなければ……。

「あなたは、おめでたいお人よしよ、ナターシャ！　リコの浮気は、わたしが初めてじゃないのよ。だいたい、彼があなたみたいな人を好きになると、本気で信じていたの？」

ナターシャは何も言わずに目を伏せていた。

「あなたは単に、彼の母親が好きな生真面目《きまじめ》なタイプにすぎないわ！　今日のことはあなたのためにしたのよ。あなたが彼の本心に気づかないまま結婚する前にね。誰かが現実を知らしめる必要があったのよ。あなたはわたしに感謝すべきね！」

ナターシャはレオのもとに寄り、顔を見上げた。

「ほかに必要なものは？」彼が尋ねる。

「ふ、服を少し……」ナターシャは小声で答えた。

「わたしを無視するとただじゃおかないわよ！」シンディは金切り声をあげた。「パパとママがもうすぐここに来るわ！　今回のことは全部あなたが悪いって説明して！　わたしは今夜、仕事があるのよ。このごたごたを引きずっていたら、うまくこなせないわ！」

レオはドア口の片側に寄り、ナターシャを通した。彼女が寝室のドアを閉めた瞬間、レオはシンディに近づいた。「今度はぼくの話を聞け、この薄汚れた売女め。もし今回のことで嘘《うそ》をついたら、きみの華やかなスター人生は一巻の終わりだ」

威圧的なレオの口調にシンディは一瞬たじろいだが、すぐに乾いた笑い声をあげた。

「あなたにそんな力はないわ」

「あるとも。どこの世界でも金がものを言う。思いあがった若手スターなど、一発でベルトコンベアーから転落だ。ものの三十分で破滅させられる。きみが状況をのみこめないほど短時間にな。現在進行中のレコード契約はご破算。仕事はキャンセル。上層部の人間の耳に電話でちょっとささやけば、きみの将来は閉ざされる」

シンディは蒼白《そうはく》になった。

「理解したようだな。きみは今、熱烈なファンの前に立っているわけではない。強大な権力を持つ男を前にしているんだ。どんなに華やかに着飾ろうとも、その下に隠された醜い心はすっかりお見通しだ」

「わ、わたしを傷つけるようなことを、ナターシャがさせるわけないわ」

「さあ、どうかしら」寝室から出てきたナターシャが言った。急いで荷造りした旅行鞄《かばん》が足もとに置かれている。彼女はふと自分の指から何かを引き抜き、空中に放《ほう》り投げた。輝くダイヤモンドの婚約指輪が、音をたててシンディの足もとに落ちる。三人の目が一点に注がれた。

「あなたがわたしから奪おうとしなかった唯一のものよ。指にはめて確かめてみたら？　あなたに合うかしら、リコと同じように？」

呆然《ぼうぜん》としたシンディの顔は見ものだった。

「わたしはリコなんかいらないわ。その指輪だって！」シンディは我に返って言い返した。

「あなたは昔からそうね」ナターシャは笑った。その笑いがどこから来るのか、自分でもさっぱりわからない。「自分のものにしたとたん、すぐに興味がなくなるんだから」

そこに両親が飛びこんできて、大混乱になった。レオは鍵《かぎ》をかけ忘れたらしい。

両親はナターシャには目もくれず、まっすぐシンディを見た。

シンディはわっと泣きだした。

「まあ、まあ、かわいそうに」ナターシャは母親のせつない声を聞いた。「リコに何をされたの?」

ナターシャは気分が悪くなった。両親が慰めるようにシンディを囲む。ナターシャは自分ひとりだけが宇宙空間へ投げだされたような疎外感を味わっていた。

レオはナターシャのすぐ横に立ち、彼女の苦しげな表情を見つめていた。

ナターシャは彼に視線を移し、ささやくように尋ねた。「もう出発できる?」

「もちろんだ」

レオは旅行鞄を持ちあげ、ナターシャの肩に手をまわした。シンディの震える声が聞こえてくる。

「リコは何週間も前から、わ、わたしを追いかけまわしていたのよ、ママ。彼に会いに行って、やめてと言ったわ。さもないとナターシャに言いつけるって。そうしたら、か、彼がいきなり……」

レオは残りの言葉を聞かずにドアを閉めた。部屋を出てエレベーターに乗る間、どちらも口をきかなかった。アパートメントのロビーを歩き、車に向かう間もずっと無言だった。

張りつめた沈黙の中、レオは車を発進させ、ハンドル上の自動車電話のボタンを押した。

ナターシャに聞き取れたのは〝ジュノ〟という名前だけだった。それ以降はギリシア語の会話が続いた。

不思議に心地よく響く彼の声をＢＧＭにして、ナターシャは窓の外を見つめていた。車はロンドンの市街地を抜け、緑の田園地帯を走っている。自分のみじめな状況が胸に迫り、かつて愛した人たちの顔が見知らぬ顔に置き換えられていった。

両親の本心を知ってしまった。彼らの目にはシンディしか見えていない。わたしのことは、心配するどころか、気にかけてもいないようだ。そう思うとナターシャは悲しみに胸を締めつけられた。

「きみが姿を消したことに、ご両親はもう気づいたかな？」

レオが電話を終え、ナターシャに注意を戻したことを知って、彼女はうつろな表情で肩をすくめた。そもそもわたしがあの場にいたことにさえ気づいたかどうか。ナターシャは何も言えず、唇を噛《か》みしめた。

車はプライベート機専用の空港へ続く門を通り抜けた。会社のジェット機を待たせているらしく、手続きに時間はかからなかった。

いよいよだわ。クリスタキス社のロゴが入った白いジェット機に乗りこむとき、ナターシャは自分に言い聞かせた。わたしは夕焼け空へと飛び立ち、レオの所有物になる……。

ナターシャは自嘲《じちょう》の笑みを浮かべた。

「どうした？」

レオはどんなささいなことも見逃さない。どんなに小さな笑みさえも。

「なんでもないわ」

「リコや家族のことは忘れろ。きみは彼らと縁を切ったほうがいい。今きみが考えるべきは、ぼくのことだけだ」

「そうね。もうすぐ大金持ちの愛人になるんですもの。家族に疎外されたり、リコの盗みに加担したりするよりましよね」ナターシャは皮肉をこめて小さく笑った。

レオは何も言わずに、タラップをのぼるよう促した。ナターシャの腰にまわされた手には、怒りがこもっていた。

機内の豪華さはナターシャの旅のイメージを一新させた。彼女はレオの手を振り払い、二、三歩前に進んで内部を眺めた。しかし、背後でキャビンのドアがばたんと閉まると、にわかに緊張を覚え、背筋をこわばらせた。レオは低い声で誰かと話をしていたが、ナターシャには振り返って確かめる余裕もなかった。

わたしは今、取り返しのつかない愚かなことをしようとしている。わたしはこの飛行機に乗るべきではなかった。レオ・クリスタキスとアテネに行ってはいけない。イギリスに残って、自分にかけられた嫌疑を晴らさなくては！　理性がナターシャに語りかけていた。

「さあ、ジャケットを脱いで」レオが背後から手を伸ばし、彼女の肩に手を置いた。

その瞬間、ぴくりと体を震わせたものの、ナターシャはきっぱりと主張した。「着ていたほうがいいわ」

「いや、脱いだほうがいい」レオは彼女の白い喉もとを覆うジャケットの襟に指を這《は》わせ、いちばん上のボタンに手をかけた。「そのほうがくつろげる」

「だったら自分でするわ」ナターシャは彼の手を引きはがそうとしたが、レオに阻まれた。

「ぼくの楽しみを奪わないでくれ」レオは甘い声でささやき、二番目のボタンを外した。

二つの胸のふくらみが前に突きだされ、ナターシャは息をのんだ。「向こうへ行って、ほかにいじめる相手を見つけてちょうだい」強がってはみたが、レオの手が次のボタンに伸び、彼のたくましい腕が胸の先端をかすめると、彼女の息づかいはたちまち荒くなった。

レオはかすれた声で笑った。「いつ髪を結い直したんだ?」

「地上でよ」レオが最後のボタンに取りかかると、ナターシャの心身はピアノ線のように張りつめた。

「ずいぶん落ち着きがないな」

「あなたはずいぶん自分に自信があるのね!」

「それがレオ・クリスタキスだ」彼の手は袖《そで》を滑り下り、黒いハンドバッグを握る彼女の拳をこじ開け、バッグを脇《わき》に投げた。

ナターシャは自分が一気に無防備になった気がした。肩からジャケットを脱がされ、今にもパニックに陥りそうだった。最悪なのは、何に対してうろたえているのか自分でもわからないことだった。理性を失わせようとするレオの容赦のない行動に対してか、それとも、理性の声に逆らって彼に反応してしまう自分に対してか……。

　体に張りついた白い薄手のニットの上から、レオの手が肋骨《ろっこつ》に触れる。まるでじかに触れられたかのようだ。続いてレオは彼女の体を引き寄せ、自分の胸にもたれさせた。ナターシャは今、彼の熱気と下腹部の高まりを感じ、目を閉じて、自分を解放してほしいと願っていた。

「レオ、お願い……」抵抗とも懇願ともつかぬ声がナターシャの口からもれる。

　レオはそれを黙殺し、うなじに唇を這わせた。すると、ナターシャはせつなげにうめき声をあげ、彼を誘うように頭を前に傾けた。レオが彼女の首のまわりにキスの雨を降らせ始めると、ナターシャの首が官能的に揺れ動いた。

「実にすばらしい。シルクのような感触だ。きみは美しい体をしている、ナターシャ」レオはかすれた声で称賛し、両手で胸のふくらみを包んだ。硬くなった先端が手のひらをくすぐる。「いとしい人《アガペ・ムー》、ぼくのほうを向いて、キスをしてくれ」

　命じられるままにナターシャは首を後ろにひねった。レオが彼女の手をつかんで自分の首の後ろに巻きつける。ナターシャは不安げに降伏のため息をついて、信じられないほどエロティックな我が身の姿態に驚きつつ、彼の唇を求めた。

　レオは自らの唇を与えた。熱く、深く、突き刺すように。

　自分がいつの間にか彼の黒髪をまさぐっていることに気づいて、ナターシャはショックを受けた。自分の知らない一面を見せつけられた思いがした。

「離陸許可が出ました、ミスター・クリスタキス」

不意に機内に流れたアナウンスにレオが頭を上げた瞬間、すべての出来事は煙のように消えた。目を開けたナターシャは、とっさに焦点を合わせることができなかった。顔のほてりを意識しながら、彼の首に巻きつけていた手を慌てて引っこめ、半開きの唇を閉じた。

「きみには驚かされるな」レオのあざけりが聞こえた。「ボタンを外した瞬間、別人になる」

恐ろしいことに彼の言うとおりだった。彼に触れられるたび、わたしの分別と自尊心は失われる。ナターシャは彼から離れ、抱きしめるように我が身に腕をまわして、自分を落ち着かせようとした。

エンジンがうなりをあげた。

「座ってシートベルトを締め、くつろぎたまえ」レオは皮肉まじりに命じた。

彼の言動にはかすかないらだちが感じられた。ナターシャにはその原因がぼんやりと理解できた。レオ・クリスタキスのような男性といったん取り引きしたからには、いつまでも純情ぶってはいられない。耳にした数少ない噂《うわさ》によると、彼は経験豊富で洗練された女性が好みらしい。彼のふるまいにいちいち顔を赤らめたり落ち着きをなくしたりする女性は相手にしないようだ。

ナターシャは不意に二人の年齢の差を意識した。そしてぎこちない動作で手近な椅子に腰を下ろした。

レオはナターシャの斜め前の椅子に座ってシートベルトを締め、新聞を取って背もたれに身をあずけた。飛行機が動きだすと、レオは上着を脱いだ。白いシャツが筋肉質の肩を強調している。彼は上着を机の前の椅子に置いた。

ナターシャは彼から目を離し、シートベルトに手を伸ばしたが、向かいの椅子の上に自分のジャケットを見つけ、衝動的につかんだ。すぐさま羽織り、きっちりボタンを留める。そうすることで何を主張したいのかわからなかったが、そうせずにはいられなかった。

すでに新聞を読むのに没頭しているレオを見て、ナターシャの胸に怒りがふつふつとわいてきた。まるでレオは、わたしの存在を忘れているかのように見える。アパートメントで両親がそうだったように。

十分後、ジェット機は水平飛行に移り、レオはノートパソコンを開いた。男性の客室乗務員がやってきて、何か飲み物か食べ物はいらないかとナターシャに尋ねた。何も食べられそうにないと思い、ナターシャは紅茶を頼んだ。

そのとき、レオが椅子ごと体を回転させて振り返り、再びジャケットをきちんと身につけたナターシャに険しい視線を注いだ。「いつまでも着ているわけにはいかないぞ」

ナターシャは無言で彼をにらみつけた。

彼女の挑戦的な態度にレオはダークブラウンの目を光らせたが、ほどなくパソコンに注意を戻した。ナターシャはさっきとは違う理由で体がほてり、落ち着きがなくなるのを感じた。

続く三時間、レオは机の前から動かず、ナターシャは紅茶をすすりながら、客室乗務員が持ってきてくれた雑誌を読んだ。

その間、レオは何度も椅子を回転させて振り返った。ナターシャは一心に雑誌を読むふりをしていたが、ついに根負けして目が合うと、レオは彼女の視線をとらえて放さなかった。その視線は、ナターシャに約束の履行を促していた。やがてレオは立ちあがって彼女に近づくと、いきなり唇を奪った。

レオはわたしの挑戦を受けて立とうとしているのだ、とナターシャは気づいた。しかし、レオに近寄られただけでナターシャの体はこわばり、胸の頂はうずいた。負けを認めたも同然だった。

以後、彼が椅子を回転させても、ナターシャは決して雑誌から顔を上げなかった。

二人は蒸し暑い夜のアテネに到着した。入国手続きがあまりにスムーズにすみ、ナターシャは驚いた。レオはまるで別人のようによそよそしく、表情は硬い。誰かに話しかけられれば通りいっぺんの挨拶《あいさつ》をしたが、やむをえず彼女に話しかけるときは実に冷ややかだった。

レオの変化は明らかに周囲の視線のせいだった。通り過ぎる誰もが足を止め、レオたちに目を向けた。

空港には警備員が張りつき、表玄関には黒いリムジンが三台待機していた。レオが祖国でいかに大きな力と地位を保持しているか、ナターシャは今さらながら思い知らされた。

「すごいわね」レオに続いて、豪華な黒い革張りの後部座席に乗りこむなり、ナターシャはつぶやいた。ほかの二台が前後を固め、二人の乗った車を守っている。後部座席とは色つきガラスで仕切られた助手席に座った男性をレオが彼女に紹介した。

「ぼくの警備主任のラスマスだ」

ナターシャはそこで初めて、その男性を何度も見かけたことに気づいた。今にして思えば、ラスマスはどんなときもレオに影のように寄り添っていた。

「金と権力は敵をつくる」それも生の一部だと容認しているかのようにレオは言った。

「つまり、あなたは四六時中こんな生活を送っているの？」

「ここアテネや、ほかの大都市ではそうだ」

誰に対してもレオが冷笑的な態度をとるのも不思議はない、とナターシャは思い始めていた。どこへ行くにも自家用ジェット機に、自家用リムジン。大半の人間が魔法を使っても呼びだせないほどの莫大《ばくだい》な資産。思いのままに人を操れる強大な権力。自分はほかの人間よりいちだん高みにいると本気で思っているのだろう。

「ロンドンでは違ったわ」ナターシャは疑問を口にした。ロンドンでは彼は自分で車を運転していた。

レオはちらりと彼女を見た。薄暗い車内で彼の目が光る。「警備はずっとついていた。きみが気づかなかっただけだ」

そうかもしれない。しかし、ナターシャは釈然としなかった。「これほどの警備はめったにお目にかかれないわ。シンディのマネージャーだったから、わたしも厳重な警備には慣れているけれど、ここまですごくはないもの。それに、リコにはまったく警備はついていなかったし」彼女は眉を寄せた。「リコが誰であるかを考えると、今は奇妙に思えるわ」

レオがさっとナターシャのほうに顔を向けた。ほんのわずかな動きだったが、非常に威圧的で、瞳の奥には険しい光が宿っていた。

「何かしら?」ナターシャは思わずおびえたような声を出した。

「二度とぼくとリコを比べるな」レオは冷淡な口調で申し渡した。

彼女は目を見開いた。「比べるだなんて、わたしはそんな――」

「ぼくはレオ・クリスタキスで、自分の人生を生きている」レオはぴしゃりと遮った。「リコは関係ない。あいつはぼくの人生に便乗したがる、ただのたかり屋だ」

ナターシャは青ざめた。「そんな言い方やめて」

「事実を言って何が悪い?」

シンディが姉を表現した同じ言葉を使っただけなのに、なぜ彼女がショックを受けるのか、レオにはさっぱりわからなかった。

「あいつの名はリコ・ジャンネッティだ。クリスタキスと名乗りたがっていたがな。あいつは我がクリスタキス家の血も引いていなければ、自分のものだと呼べる財産もない。確かに、クリスタキス社のすべてのビルに、リコは専用オフィスを持っている。社内での地位にふさわしく見えるし、イメージがいいからな。だが、仕事はしていない。何ひとつ仕事をしないで分不相応の給料をもらい、すべて道楽に使っていた。それでも飽き足らず、ぼくの目を盗んで大金を横領した。ぼくがあいつの贅沢《ぜいたく》な趣味のつけを払わされている隙《すき》にな。あいつは大酒飲みの大嘘つきだ。婚約者にも平気で嘘をつく。もっとも、婚約者を装っていただけだが」

さげすみの言葉を浴びせられ、ナターシャは震える声で言いつのった。「わたしにとっても、リコは過去の人間よ」

「そうだ。これまでの人生に起こったことはすべて過去に属する。今この瞬間から、きみにとって重要な男はぼくひとりだ。わかったな?」レオの口調は冷静そのものだった。

レオは家族のことを忘れろと言い、今またリコのことも忘れろと命じている。「はい、閣下」ナターシャは反発し、衝動的に答えた。本当に忘れられたらどんなにいいか!

彼女のあざけりのこもった返事に、レオはむっとした。「つらいかもしれないが、そうすれば、ぼくたちの関係を誠実に築いていくことができる」

「誠実ですって？　あなたはわたしのすべてをコントロールしたいだけでしょう！」

「ぼくはそんなふうに――」

「いいえ、思っているわ！」

ナターシャに遮られ、レオは腹立たしげに息を吐いた。「ぼくに向かって、五分おきにリコの名を投げつけてほしくないだけだ」

「わたしがいつそんなことをした？　リコの名を使ってねちねちいびっているのはあなたのほうよ！」

「そんなつもりはない」

「あなたはリコと同じ穴のむじなよ。ただ人の扱い方が……いいえ、女性の扱い方が違うだけ！　こんな大統領並みのパレードをしているから、吐き気がするほど尊大になるんだわ」

「吐き気がするほどだって？　もう一度言ってみろ！」レオは声を荒らげた。

その言い方が気に入らず、ナターシャは怒りを爆発させた。「そうよ。あなたはどうしようもなくリコに嫉妬《しっと》しているんだわ！」

なんてことを口にしてしまったのだろう？　ナターシャは自分が信じられなかった。横目でレオをうかがうと、彼は人食い鮫《ざめ》のような鋭い目でにらんでいる。二人を包む緊張感がリムジンの中の酸素をすべてさらったかのようで、動悸《どうき》が激しくなり、ナターシャは息をするのもままならなくなった。

レオは実にすばやい動きで、ナターシャを自分の膝の上に座らせた。二人の視線がぶつかる。レオの目は怒りで金色に光り、ナターシャの目は恐怖のあまり大きく見開かれ、濃いブルーに染まっていた。

ナターシャは乾ききった唇をなめ、かすれた声で言った。「ほ、本気で言ったわけじゃ――」

レオは彼女の唇を奪った。前言を撤回しようと試みた彼女を黙らせる情熱的なキスだ。ナターシャは一気に体が熱くなり、唇と手でレオを求め始めた。張りつめた時間が続く。彼の長い指はナターシャのヒップをわしづかみにし、燃えるように熱い息が彼女の口もとを焦がした。

彼の喜びのうめきを唇に感じたナターシャは身を震わせ、腿に雄々しい高まりが当たるのを感じた。レオの手がナターシャのスカートに滑りこみ、腿を撫《な》でる。その手が上に移れば、Tバックを身につけていることを知られてしまう。ナターシャは彼の手から逃れようとあがいた。

「おや?」レオは動きを止め、皮肉っぽくつぶやいた。長い指がヒップの上のサテンを滑る。「上品な仮面は、はがせばはがすほど薄っぺらだな」

「やめて」ナターシャは目をぎゅっとつぶり、二度とこんなものは身につけるものかと心に誓った。

レオが手を離した。ナターシャが目を開けると、彼は冷笑していた。怒りは消え去り、顔には自信が戻っている。

「まだぼくに隠している宝物があるのかい？」

「いいえ」ナターシャは消え入りそうな声で答えた。すると、レオはハスキーな声で笑い、彼女はますます動揺した。

「確かに」レオは真顔になって言った。「ぼくは嫉妬している。きみと婚約していたリコに」

ナターシャはひどく驚いた。

「だから、ひとつ忠告しておく。ベッドであいつの話はするな。さもないとぼくは自分の反応に責任を持てない」

思いがけないレオの告白にナターシャが反応できずにいると、レオは再び顔を寄せて唇を重ねた。そのキスがどれくらい続いたのか、彼女にはわからなかった。温かく激しいキスに我を忘れたからだ。

屋敷が近づき、車がスピードを落とした。レオはナターシャから体を離し、彼女を持ちあげて元の座席に戻した。ナターシャは震える指でボタンをチェックし、スカートを直した。

一心に身なりを整えるナターシャをレオはじっと眺めていた。「さすがミス・クールだ」静かに笑う。

ナターシャは髪を撫でつけながら、眉をひそめた。どうしてあれほど強烈に、わたしは彼のキスのとりこになってしまうの？

「それを性的魅力と呼ぶんだ、かわいい人《ベティ・ムー》」レオは彼女の胸中を読んだかのように説明した。

ナターシャの横顔が淡いピンクに染まるのを見て、レオは思った。彼女は冷たいときもあれば、熱くなるときもあり、はにかむときもあれば、気品を感じさせるときもある、と。男性に媚《こ》びないし、自分から誘うようなまねもしない。だが、こちらから仕掛けたときの反応は実に敏感だ。

彼女を見ているだけでレオは欲望を刺激された。決して不快ではない。事実、これほど女性に興奮を覚えるのは久しぶりだった。元妻のジャンナは、あまりにも多くの感情をレオから奪い、彼を皮肉屋に変えてしまった。レオは、自分は女性に対して燃え尽きてしまったと思っていた。しかし今、彼の全神経は隣に座るセクシーな女性に集中していた。

「さあ、着いた」レオは、ある約束を小声でほのめかしてナターシャを挑発した。

たちまち彼女は身をこわばらせた。彼の所有地を守る鋼鉄の門が見える。車が近づくにつれて門が開き、三台の車はスムーズに門を通り抜けた。

二人の乗った車は白い三階建ての屋敷へまっすぐ向かい、残る二台はすぐに左折した。屋敷の正面に車が止まると、ラスマスがただちに車から降り、後部座席のドアを開けた。レオは車の外に降り立ったものの、足がおぼつかないのを感じた。いったん体に食いこんだ欲望の刃《やいば》が体をむしばみ、体力を消耗させている。レオは陰鬱《いんうつ》な気分に駆られ、運転手が開けたもう一方のドアから、彼の欲望の対象が降りてくるのを見やった。

ナターシャは、そびえるように立つモダンな屋敷を見上げた。中央に白い大理石でできた階段があり、どの部屋にも白い柵《さく》のテラスがせりだしている。アーチ型の窓からは明かりがもれていた。

「ぼくの住居は最上階だ。客用のスイートルームが真ん中のフロアで、一階はスタッフが使っている。感想は？」

「豪華客船みたいね」

「いい着想だ」

ほほ笑んだあとで、レオは背後に立った巨体のラスマスにちらりと視線を送った。それだけでラスマスは主人の意図を察し、運転手とともに車へと戻っていった。外は暑く、暗かったが、屋敷からもれる明かりが二人を照らし、エキゾチックなジャスミンがむせ返るほどの香りを放っていた。

レオが彼女の青いスーツとバッグを見つめると、ナターシャは思わず胸もとを押さえた。レオは何も言わずにほほ笑んだ。それだけでナターシャには彼の考えが読めた。レオは、彼女からすべてをはぎ取るのが待ち遠しくてならないのだ。

思いがけずナターシャの体に興奮が走った。

レオは黙って手を差しだした。ついてこいという無言の命令だ。ナターシャはたぐり寄せられるように彼のほうへ歩を進めた。

5

レオのあとを追いながら、ナターシャは彼の圧倒的な男らしさに酔い、一歩踏みだすごとに興奮がつのった。筋肉質な体には紛れもないパワーが潜み、鼻の頭の傷が荒々しさを際立たせている。仕立てのいい上等なスーツが百九十三センチの長身を包んでいた。

ナターシャが追いつくと、レオは彼女の腰に手をまわした。自信に満ちたレオの態度に、ナターシャは息が止まるほどの期待をいだき、体の隅々が微妙に変化するのを感じた。一方で、彼に寄り添って歩いていると、自分がとても小さな存在に思えてくるのも事実だった。

屋敷の内部は壮大なモダン建築の見本のようだった。しかし、ナターシャの目には何も入らなかった。エレベーターに近づくにつれ、ふくれあがるような興奮を抑えるのが精いっぱいで、周囲を眺める余裕などなかった。

エレベーターの中へと踏みだす一歩は、ナターシャにとっては崖《がけ》っぷちから足を踏みだす一歩となんら変わりはなかった。ドアが閉まり、無機質な音をたててエレベーターが上昇を始めると、レオは手を伸ばして彼女の胸に触れてきた。ナターシャはひそかな期待を見抜かれたくなくて目を伏せた。二人だけにしかわからない微妙な空気が狭い空間に充満していた。

エレベーターのドアが開くと、ほのぼのとした明かりに満たされた広い廊下が続いていた。家政婦の出迎えを受け、ナターシャは我に返った。レオとの間にあった親密な空気に乱れが生じる。

「こんばんは《カリスペーラ》、バーニス」レオはよどみなく挨拶《あいさつ》し、狼狽《ろうばい》してあとずさったナターシャの肘をつかんだ。

「こんばんは《カリスペーラ》、だんなさま《キリオス》、お嬢さま《ゼスピニス》」小柄で褐色の肌をした家政婦はレオからナターシャに視線を移し、訛《なまり》の強い英語で言った。「フライトは快適でしたか？」

「え、ええ、ありがとう」ナターシャは驚いた。まるでわたしが来ることを知っていたようだ。レオは愛人を連れて帰るとでも言ったのかしら？　そう考えて、彼女は顔を赤らめた。

バーニスはレオに向き直って告げた。「ミセス・クリスタキスからお電話がありました」

「アンジェリーナか？」

「いいえ《オヒ》……」

バーニスの言葉がギリシア語に変わった。その切迫した口調からナターシャにもおよその見当はついた。ナターシャの義母になるはずだった人からの電話に違いない。アンジェリーナは、自分のショックと心痛をレオに伝えるために長いメッセージを残したのだろう。レオの表情は険しく、いらだっていた。

「すまないが、いとしい人《アガペ・ムー》、先にこの件を片づけてくる。バーニスが部屋へ案内してくれるから、くつろいでいてくれ」そう言って、レオはさっさと廊下を引き返していった。

ナターシャは彼の後ろ姿を見つめ、声をかけずにはいられなくなった。「レオ……」

レオは立ち止まったものの、振り返りはしなかった。「なんだ?」

ナターシャは隣にいるバーニスを意識した。「お、お願い、あなたのお義母《かあ》さまに伝えてほしいの。こんなことになって本当に申しわけなく思っている、って」

レオの無言のためらいはナターシャの予想以上に長く続いた。隣に立つバーニスは軽く目を伏せ、床を見つめている。

「わたしはアンジェリーナが好きなの」使用人の前で私的な話をするなんて、もしかしたらギリシアの風習にいちじるしく反しているかもしれない。ナターシャは心配しつつも、言葉を継いだ。「彼女に落ち度は何ひとつないもの。きっとひどく動転し、失望しているわ」

レオはそれでも無言だった。

ナターシャがいたたまれなくなったとき、レオはようやく口を開いた。「わかった、伝えよう」彼はうなずき、足早に去っていった。

「どうぞこちらへ、お嬢さま《ゼスビニス》」

レオに置き去りにされると、ナターシャの胸に急に不安が押し寄せた。気持ちは複雑で、自分が何を考えているのかもわからない。これからどうすればいいの？　バーニスのあとについて広い廊下を進みながら、ナターシャは自問した。

案内された部屋はすばらしかった。柔らかな光が大きなベッドを照らしている。彼女はそこから目をそらし、無限の闇《やみ》を背景に華やかなアーチを描くガラス窓を見つめた。

バーニスは英語でバスルームの場所を教え、荷物はもうじき到着すると伝えて出ていった。

荷物……。キャンバス地の旅行鞄《かばん》に急いで荷物を詰めたことを思い出す。ちゃんとした荷物として扱ってもらっているかしら？

ああ、いったいなぜこんなことになったの？　よく知りもしない男性の家の寝室で、こんなふうにひとりで立っているなんて。きれいに整えられた大きなベッドに自然と目が吸い寄せられたが、ごく近い将来、二人がそこで行う営みを想像しそうになり、ナターシャは慌てて視線をそらした。

心臓が激しく打ち、ナターシャはそわそわと広い室内に視線を走らせた。ビクトリア朝風で、レオのロンドンの屋敷とは対照的なしつらえだ。室内の装飾は涼しげな白にまとめられ、壁にかかる現代抽象画の大胆な色彩と、青緑色のベッドカバーが目を引いた。

何かしなければ。何かして気をそらさなければ。さもないと、今にもパニックを起こしそうだった。ナターシャは窓に近づき、その向こうに広がる景色を見ようとした。ところが、ガラス戸が勝手に開き、彼女はびっくりした。センサーが反応したらしい。

エアコンのきいた室内をあとにテラスに出てみると、息苦しいほどの暑さに襲われた。ナターシャは一瞬むせたが、テラスの白い柵《さく》の向こうに浮かぶ無数の光に吸い寄せられた。中央に据えられた籐《とう》製のテーブルにバッグを置き、木製の床を進んでいく。

突然、眼下にアテネの夜景が広がった。光の正体は街明かりだったのだ。ナターシャはあまりの美しさに不安を忘れ、息をのんだ。空港から屋敷に向かう間、リムジンが坂を登っていることには気づいていたが、これほど高い場所まで来ていたとは思わなかった。

「アテネにようこそ」

背後から、レオの低くなめらかな声が聞こえた。そして近づいてくる足音を聞いたとたん、ナターシャは身を硬くした。

「それで、印象は?」レオは彼女の腰に手をまわし、柔らかな体を引き寄せた。

「すてきだわ」図らずも声がうわずり、ナターシャはうろたえた。「あそこに見える明るい場所はアクロポリスの丘かしら?」ナターシャは手を上げて遠くを指さした。

「そうだ。その下には旧市街地のモナスティラキ地区とプラカ地区がある」

ナターシャが手を下ろすと、レオはその手をつかんで彼女の腹部にあてがい、そこへ自分の手をそっと重ねた。

「あのライトアップされている建物は、国立庭園の中にあるザピオン国際会議場だ。それから向こうに見えるのがシンタグマ広場……」

ナターシャは夢を見ている気がした。レオはアテネの夜景をひとつひとつ丁寧に説明してくれている。彼女は、美しい旋律を奏でるような彼の穏やかな声音に意識を集中させた。

いつしかテラスは官能的な空気に包まれていた。背中に押しつけられているレオの体は肌がひりひりするほど熱い。ナターシャの鼓動は乱れ、息をするのさえままならなかった。

「今夜は月が出ていないから真っ暗だが、ピレウス港の明かりで遠くにエーゲ海が見える。夕食がすんだら、別のテラスからの眺めも見せよう。だがその前に教えてくれ、きみはなぜそんなにおびえているんだ、かわいい人《ペティ・ムー》？」

「レオ……」ナターシャはすがる思いでこのチャンスにしがみついた。「こんなこと、わたしにはできないわ。できると思ったけれど、やっぱり無理よ。知っておいてほしいの。これは……」

ナターシャはそこで振り返った。目の前にレオの白いシャツが迫り、言葉が途切れる。彼は上着を脱ぎ、ネクタイを外して、シャツの上二つのボタンを外していた。そこからブロンズ色の肌がのぞいている。

これはわたしの初体験なの。その大切な言葉は、胸の中で新たにわき起こった衝動にかき消された。ナターシャは彼が欲しかった。なぜこれほど惹《ひ》かれるのかわからない。だが、その思いは確固たるものだった。

「ぼくたちは取り引きをした、ナターシャ」

取り引き……。ナターシャは震える唇を固く結んでうなずいた。「わかっているわ。だからわたしは、あなたに申しわけないと思っている。でも……」ああ、神さま。彼女はレオから必死の思いで目をそらし、ようやく言葉を締めくくった。「この取り引きはあまりに重いし、性急だわ」

「ぼくがきみに襲いかかり、無理やりベッドに連れていくとでも思っているのか?」

「い、いいえ」ナターシャは彼のいやみに顔をしかめた。

「ならば、なんの問題もない」

「なぜそんな軽い調子で言えるの?」ナターシャは反発してあとずさった。「わたしが定期的にこういうことをする女だと思っているかもしれないけれど、違うのよ」

「なるほど」レオは物憂げに言った。「じゃあ、きみはぼくが定期的にこういうことをする男だと思っているわけだ」

「思っていないわ!」彼の口もとに冷笑が浮かぶのを見て、ナターシャは否定したことを悔やんだ。

「そうか、ありがとう」レオはそっけない口調で礼を言った。

「わたしはあなたのことをほとんど知らないわ。特にプライベートなことは！」

「ぼくがきみの私生活を知らないようにね。だが、二人とも性的経験があることは知っている。だからこそ、互いに欲望を感じていることもわかるんだ。取り引きの有無にかかわらず」

「わたしはないわ」ナターシャは小さくつぶやき、下唇を噛《か》んでうつむいた。恥ずかしさのあまりレオの顔を見られない。

「なんだって？」

短い沈黙のあと、レオは長いため息をついた。

「もう充分だ、ナターシャ」うんざりした口調で続ける。「ぼくは生まれたての赤ん坊じゃない。だから、もう芝居はやめよう」

「芝居じゃないわ！」

もはやレオは耳を貸さず、目にいらだちを浮かべてナターシャを引き寄せた。

熱く決然とした怒りのキスに、ナターシャは拳《こぶし》を振りかざしたが、レオは彼女をいっそう強く抱きしめて動きを封じた。彼の体から強烈な力が伝わってくる。ナターシャはためらいつつも情熱的なキスを受け入れ、彼の肩にしがみついた。

ナターシャの抵抗はもうなんの意味もなかった。彼女は今、どうしようもなくレオを求めていた。キスが深まるにつれてナターシャは彼に体を押しつけ、その熱い高まりに我が身が反応するのを感じていた。

レオが彼女のヒップをつかみ、互いの下腹部をいっそう密着させる。ナターシャは我を忘れ、レオが急に顔を離したときには抗議のあえぎ声さえもらした。それは、ナターシャ自身が驚くほど官能的な響きを帯びていた。

「きみはぼくを欲しがっている。いいかげん駆け引きはやめろ」レオはぶっきらぼうに言い、ダークブラウンの目でナターシャを見すえた。

ナターシャは催眠術にでもかかったように、自分を見失っていた。レオは再び唇を重ね、自らの刻印を押すかのごとく、荒々しく彼女の唇をむさぼった。二人は強く抱き合った。互いを求める気持ちはもう誰にも止められなかった。

彼のパワーと情熱、それに体から放たれる熱気に、ナターシャは魅入られていた。レオの鼓動の速さを感じ、彼女の指の動きに応じて彼の筋肉が喜びに震えるのを感じた。彼のシャツが邪魔だった。レオもそれに気づき、うめき声をあげて、彼女の手を取って室内に戻った。

部屋の中央に置かれたベッドがいやに大きく見え、ナターシャは急に不安を覚え、足を止めた。

頼りなげな表情を浮かべる彼女に、レオは身をかがめて優しいキスをしてから、ベッドの傍らでシャツのボタンを外し始めた。あらわになっていく彼の胸の筋肉にナターシャは見とれた。これほど興味を引かれたものは過去になかった。緊張が肌を刺し、鼓動がますます速くなる。シャツが脱ぎ去られるや、ナターシャの体じゅうに戦慄《せんりつ》が走った。なんてたくましく見事な体だろう。ナターシャは手を伸ばして触れずにはいられなかった。

レオは彼女のジャケットのいちばん上のボタンを外した。それが大きな突破口となり、ナターシャは声をあげた。レオはキスをしながら次のボタンを外した。ジャケットを巡る攻防はようやく終わろうとしていた。ナターシャはじっと立ち、情熱的なキスを受けながら、レオがボタンを外すのに任せた。

最後のボタンを外し終えると、レオはそっと彼女のジャケットを脱がせた。今日二度目の儀式だった。

彼の指が、あらわになったナターシャの腕と肩に触れ、背中をなぞる。彼女は身を震わせて喜びのため息をもらし、目を閉じて彼にもたれた。次にレオは彼女の白いニットを頭から引き抜いた。ひんやりした空気が肌に触れ、ナターシャが目を開けると、レオは白いサテンに包まれた彼女の胸を見下ろしていた。クリーム色のふくらみがブラジャーを押しあげている。レオはホックを外し、その薄い下着を放《ほう》り投げた。ナターシャはとっさに手で胸を隠したが、レオは彼女の手首をつかんで引きはがし、とがったピンクの頂をじっと見つめた。

レオに引き寄せられ、裸の胸と胸が触れ合ったときの喜びは、想像を絶するものだった。もう引き返せない。深く甘美なキスに理性は溶けてなくなり、ナターシャはもうろうとした。ファスナーが下ろされ、スカートが滑り落ちる。ブラジャーはすでになく、Tバックはなんの役にも立たない。薄いストッキングはほっそりした白い腿に張りついている。ブロンドの髪は愛撫《あいぶ》を誘うかのように、あらわになった背中に広がっていた。

ナターシャは半裸の自分がいかにセクシーか、まったく自覚していなかった。彼があとずさると、ナターシャは手を伸ばしてキスをせがんだ。レオは小さく悪態をつき、彼女を抱きあげてベッドに横たえた。ナターシャは彼の首に腕をからませ、キスを終わらせまいとした。彼が欲しかった。彼のすべてが。

「きみが欲しい」レオは隣に身を横たえながらささやいた。一日の大半をナターシャのことを思って過ごすほどに、彼女のとりこになっていた。

レオは片方の胸のふくらみをつかみ、キスを中断して胸の頂を口に含んだ。その衝撃にナターシャは息をのみ、激しくもだえた。引きはがそうとして、彼の黒髪に爪を立てたが、レオは頂を軽く噛んで、離そうとしなかった。胸の先を這《は》うレオの舌先と歯の感触に、ナターシャは、痛みと紙一重の喜びを感じていた。

それを知ってか知らずか、レオは突然、また口づけをした。レオは自分の欲望を唇で彼女に知らせ、ナターシャはその深いキスにこたえた。

ナターシャから離れたレオは身を起こし、彼女のストッキングとショーツをはぎ取った。そして我が物顔で彼女に視線を走らせながら、ズボンと靴を脱いだ。

「きみは実に美しい」レオはかすれた声でつぶやいた。「きみの欲しいものを教えてくれ」

ナターシャは彼から目をそらすことができなかった。彼の愛撫に体が反応していては、今さら被害者ぶって抗議することもできない。「わたしはあなたが欲しいの」ナターシャはささやいた。

自ら相手を引き寄せたのはナターシャのほうだった。先に体を押しつけたのも。

レオは自制心を取り戻し、ゆっくりと誘惑を開始した。熱く繊細なキスをしながら、指で優しく彼女の体に触れ、豊かな胸や腰の曲線に沿って愛撫する。それは強烈で刺激的な探索だった。ナターシャが荒い息をしてのけぞり、肌を赤く染めていく。レオの手がついに彼女の脚の付け根を探り始めると、彼女は我を忘れて彼にしがみつき、キスをねだった。レオは熟練の業で愛撫を続けた。新たな興奮がナターシャを襲い、彼女を官能の渦へと突き落とした。

「ああ、レオ」

名を呼ぶことは彼にゴーサインを与えたも同然だった。レオは燃える目で彼女に覆いかぶさり、指での愛撫を続けながら、再び唇を奪った。レオのざらついた胸が敏感になった彼女の胸の頂をこする。

ナターシャはたくましい高まりにそっと突かれるのを感じた。そのとたんかすかな痙攣《けいれん》が生じ、彼女の口からうめき声がもれた。

レオは引き締まった腰をゆっくりと動かし、探るように我が身をうずめた。彼の欲望のあかしを感じ、ナターシャはのけぞってあえぎ、未知なる欲望にせきたてられて叫びだしそうになった。

そして突然荒々しく貫かれ、あまりの痛みにナターシャは悲鳴をあげて体を硬直させた。レオは凍りついた。情熱がたぎる目にショックの色が浮かぶ。「本当にバージンだったのか……」

ナターシャは無言で目を閉じ、性的経験がないと告げたときの彼の嘲笑《ちょうしょう》を思い出した。

「ナターシャ……」

「やめて！　何も言わないで！」

レオは彼女の苦悶《くもん》の叫びに息をのんだ。「しかし、きみは……」

「お願い、離れて」ナターシャは体内から彼を追いだそうと、拳で彼の肩を押した。「痛いわ」

「それはきみが初めてだから……」レオは苦しげに言い、彼女の震える顔から髪を優しく払った。

しかし、レオが身を引く気配はまったくなかった。広い肩を汗で光らせ、彼女の両脇《りょうわき》に腕を突っ張らせて上体を支えている。顔はひどくこわばり、口を開く前から彼が次に言うことは予想がついた。

「すまない、いとしい人《アガペ・ムー》……」

「いいから離れて！」ナターシャは謝罪などしてほしくなかった。レオの肩を再び拳で押し、自由になろうともがく。だが、レオはさらに深く入ってきた。次の瞬間、体の奥で何かが変化し、ナターシャは驚きに目を見開いた。

「もう痛くないようだな」レオがすかさず指摘する。

簡単に表情を読まれ、ナターシャは赤面した。

レオは彼女の顔じゅうにキスの雨を降らせた。目、鼻、こめかみ、そして繊細な耳たぶ……。ナターシャは身も世もなくもだえ、ついにはレオの肩をつかんで、じれたように彼の唇を求めた。

「ああ、レオ！」

その声に、慎重を期してきたレオの感情が爆発した。彼はナターシャの唇をむさぼった。数秒後、彼女は興奮に満ちた未知の世界へと投げだされた。体がわななき、快感の波が押し寄せる。レオもそれを敏感に察し、より深くより速く彼女を貫いた。

圧倒的な喜びが体じゅうを駆け抜け、ナターシャはなすすべもなく声をあげた。レオが彼女の髪に指をからませ、苦しげな声でささやく。「さあ、一緒に、いとしい人《アガペ・ムー》」

飛び立つひな鳥のように、ナターシャは官能の翼を広げ、情熱の嵐《あらし》が渦巻く高みへと舞いあがった。同時に、レオも身を震わせ、自らを解き放った。

ナターシャは、そのあとのことを何も覚えていなかった。喜びの余韻の中で、暗く深い穴を転げ落ちるように眠りに落ちた。


彼女はバージンだった。レオはバスローブを羽織ると、ベッド脇の椅子に移って考えこんだ。良心の呵責《かしやく》にさいなまれ、罪悪感でいっぱいだった。彼は欲望に溺《おぼ》れてベッドへ連れこんでしまった女性をじっと見つめながら、次から次へと、思いつくかぎりの言いわけを頭の中に並べた。

とはいえ、誰も入ったことのない聖域に侵入したときのめくるめく喜びを、レオは忘れることができないでいた。その記憶に下腹部が反応を示す。レオはウイスキーのグラスを口に運び、険しい表情でひと息にあおった。

ナターシャの持つ上品さは見せかけではなかった。白いシーツに包まれた彼女の体の曲線はつつましやかで、その寝顔に性的な奔放さはかけらもない。

レオはさらにウイスキーを飲み、彼女の寝顔をしげしげと眺めた。申しぶんなく美しい。穏やかに眠っているが、一日の緊張と疲れからか、少し青ざめているようだ。

レオがまたグラスを口に近づけたとき、ナターシャのまぶたが開き、うつろなブルーの目が彼をまっすぐにとらえた。

とたんに下腹部が熱くなり、彼は舌打ちをした。

彼を見つめるナターシャの息づかいが聞こえる。レオはグラスを置き、わずかな間をおいたあと、厳かに告げた。「結婚しよう」

驚きのあまりナターシャは飛び起き、目を見開いた。「気は確か？　わたしたちは取り引きを――」

「きみはバージンだった」レオは遮った。

「だからどうだというの？」

「その事実は重い。だから、手配が整い次第、ぼくたちは結婚する。ぼくは自分の道義心にかけて、きみに結婚を申しこむ」

「何が道義心よ」ナターシャはシーツを体に巻きつけ、ベッドから下りた。「やっとのことで低俗な結婚から逃げだしたばかりなのよ。同じ過ちを犯す気はないわ！」

「今度は低俗な結婚ではない」

「あなたやあなたの家族に関することは、すべて低俗だわ！　あなたたちはお金の価値ばかりに目がいって、人生で本当に大事なものを見失っている。でも、わたしは違うわ！」

ナターシャのブルーの瞳が燃え立ち、さげすむようにレオを見た。「あなたの大切なお金を返すまで、六週間、わたしはあなたのベッドの相手をする。そういう取り引きだったたはずよ。それを守ることであなたの道義心とやらを見せてちょうだい!」
そう言い捨てて、ナターシャはバスルームに向かった。レオから逃げだす必要があった。バスローブ姿で椅子に座っているだけで、彼はわたしを熱くさせる。ナターシャはまだ、一糸まとわぬ彼の姿を脳裏に思い描くことができた。引き締まった筋肉に、つややかなブロンズ色の肌。そして、彼の力強いキスや、体を重ねたときの体の重み、それから……。彼女はすべてを感じることができた。

「きみはけがれた人間ではなかった」レオは彼女の背中に向かって言った。
彼は性的なことを言っているの? それともわたしを泥棒と疑ったことが間違いだったと認めたの? ナターシャの心は騒いだ。

「わたしに対する最初の印象を持ち続けてちょうだい。あのときの直感に従ってくれたほうがまだましだわ!」ナターシャは肩越しに言い放ち、バスルームのドアを力任せに閉めた。

レオは顔をしかめてグラスを見つめた。彼女に対する第一印象は正しかった。その印象をぶち壊したのは、リコの計画に加担した彼女自身だ。
シャワーの水音を耳にしたレオは、シャワーを浴びる彼女の裸身を思い浮かべた。一緒に浴びたい衝動に駆られ、たまらず彼は立ちあがった。この闘いはまだ終わっていない。ぼくが勝つまでは終わらせるものか。

そのとき、何か赤いものが目の端に入り、レオはベッドを見下ろした。なんてことだ《テオス》。彼がバージンを奪った証拠が怒りのしぶきのように視界いっぱいに広がり、レオの胸は激しく痛んだ。

レオは閉じられたバスルームのドアを一瞥《いちべつ》し、またベッドに視線を戻した。「くそっ」彼は思わず悪態をついた。

彼女がこのシーツを見たら、どんな気持ちになるだろう？　レオはバスローブを脱いでズボンとシャツを身につけた。替えのシーツはどこに保管してあるんだ？　自分で捜さなければ。家政婦のバーニスには、とても頼めない。

6

バスルームのドアにぶら下がっていた予備のバスローブにくるまり、ナターシャは何度も深呼吸をしてからドアを開けた。心臓が激しく打っている。レオと対峙《たいじ》するつもりで、彼女は身構えて足を踏みだした。

だが、レオの姿はなかった。ベッドは使われなかったかのように完璧《かんぺき》に整えられている。彼女の服は、レオが先ほどまで座っていた椅子の背にきちんとかけられていた。

バーニスが来て、あと片づけをしたのだろうか？ そう考えて恥ずかしさのあまり赤面し、ナターシャはベッドから目をそらして鞄《かばん》を捜した。

そのとき、寝室のドアが開き、ナターシャは振り返った。レオだった。バーニスか別のメイドだろうと思っていたナターシャは動揺した。

レオはきちんと服を着ているが、わたしはまだバスローブ姿だ。彼の視線を体に感じたナターシャは、恥辱が別のものに変わるのに気づいた。

ドアを閉めるなり、レオがつかつかと歩み寄ってきた。口の端に笑みを浮かべている。

愛人に近寄る君主さながらだ。ナターシャは思わず身震いした。目の前に立ったレオは、男らしさを全身にみなぎらせている。ナターシャは慌ててバスローブの襟をかき合わせた。

「髪が濡《ぬ》れている」レオは手を伸ばし、彼女の髪を後ろに撫《な》でつけた。

「この家のシャワーは最新鋭ね。驚いたわ！」スイッチを入れた瞬間、四方から水の噴射を受けた驚きは今もおさまらなかった。

「ヘアドライヤーを持ってこよう」紅潮した彼女の頬を撫でながら、レオはつぶやいた。

「しかし実のところ、このままのきみのほうがかわいく見える。ぼくを受け入れる気持ちがきみに残っているなら、今すぐベッドに連れていくんだが」

ナターシャは震える手でレオの手を払いのけた。「その気はまったくないわ」

「そうだろうな。だが、はたしてきみに選択の余地はあるかな？」

ナターシャの見開かれた目とレオの柔和な目が互いをとらえた。

「腕ずくで連れ戻すとでも？」

「いや、誘惑してきみの考えを変えさせる」

レオは顔を寄せ、彼女の唇をさっと盗んだ。そして熱く長いキスでナターシャをその気にさせてから、静かに体を離した。

「きみはついている。ぼくは今、腹がへって死にそうなんだ」レオは彼女のうっとりとした表情を見てからかった。「ぼくがシャワーを浴びる間に、楽な服に着替えてくれ。用意ができたら食事に行こう」そう言い残し、レオはバスルームに入った。

なんて尊大で傲慢《ごうまん》な男なの！　ナターシャは唇をぬぐい、怒りのやり場を探した。

こんなにも彼に翻弄《ほんろう》されてしまう自分が腹立たしい。ナターシャは鞄を見つけてベッドの上に置き、乱暴にファスナーを開けた。何を詰めたのかまったく覚えていなかった。手当たり次第に服をつかみ、鞄に放《ほう》りこんだ記憶がよみがえる。彼女は唖然《あぜん》として雑然とした荷物を眺め、中を引っかきまわし、くたびれたジーンズと色あせたグリーンのTシャツを取りだした。

上等だわ。ナターシャは二つの服をベッドの上に投げた。次に見つけたのは、ありがたいことにTバックではない普通のショーツだった。それもベッドに投げる。次に彼女はスーツを手に取った。今日一日じゅう着ていた青いスーツに似たデザインだが、淡いクリーム色だ。ナターシャは首をかしげた。色白の彼女には似合わず、自分で買ったとは思えないからだ。

ただし、尊大なギリシア人にバージンを奪われた新しいナターシャは、以前と好みが変わった可能性もある。事実、確かにきのうまでの自分とは違う気がした。秘めやかな場所がうずき、体が過敏になって、ちょっとしたことにも反応してしまう。

不意にナターシャは化粧品一式を忘れたことに気がついた。メイクの道具もブラシもない。身につける気がしないスカート二枚と、見るのもうんざりするセーター二枚を目にし、いらだち始めたところで、皺《しわ》にならない素材の黒いスカートが見つかった。次に出てきたのは、そのスカートに合いそうな黒いシルクのニット、一足だけ入っていた予備のパンプスだった。ほかにめぼしいものは見当たらない。

ブラジャーは見つからず、ナターシャはため息をついて振り返った。そして、椅子の背にかけられた白いブラジャーを取りに行こうとしたとき、レオがバスルームから出てきた。ナターシャの足はその場に釘《くぎ》づけになり、服のことでいっぱいだった頭は思考停止に陥った。

レオは腰にタオルを巻いているだけだった。胸に水滴が張りついている。鍛えられた腹筋が目に入り、ナターシャの鼓動が速くなった。落ち着こうとして視線を下げたものの、今度はレオのふくらはぎが目に飛びこんできて、彼女は息をのんだ。欲望の波のうねりが体の至るところに広がっていく。

ああ、なんてことかしら。わたしはどうしようもなく彼を求めている。視線を上げると、たちまちレオの視線とぶつかり、ナターシャは息が止まりそうになった。目を細めた彼のしぐさで、胸中をすっかり見抜かれていると気づいたからだ。

「化粧品を忘れたわ」動揺するあまり、思わぬ言葉がナターシャの口をついて出た。

レオは足を止めて彼女を見つめた。「ここでのディナーに化粧は必要ない。ぼくと二人きりだ」

「ディナーにふさわしい服も持ってこなかったの」ナターシャは平常心にはほど遠い状態だったが、彼と同じく、冷静な声を出そうと努めた。

レオは彼女の横まで来て立ち止まった。「あのクリーム色の服を着ればいい」彼はさりげなく提案したが、気に入っているようには見えなかった。

ナターシャはかぶりを振った。「その服は嫌い」

彼は顔をしかめた。「だったら――」

「あなたは何を着るつもりなの?」ナターシャは声をうわずらせて尋ねた。

一方のレオは眉をひそめ、次に何を言おうか考えている様子だった。そして、あまりにもショッキングな答えが返ってきた。

「何も着ないでおく」レオは腰からタオルを外した。

彼の突飛な行動に、ナターシャは言葉を失った。またたく間に体がほてる。レオを見るのをやめようとしたが、無理だった。彼がナターシャに手を伸ばす。彼女は脚に力が入らず、動けなかった。

レオは喉もとでバスローブを押さえている彼女の手をつかみ、指をこじ開けた。

「レオ、やめて……」ナターシャはかすれた声で抗議した。次に待ち受けるものを思い描いて、心臓が激しく打っていた。

ほどなくバスローブは彼女の足もとに落ちた。シャワーを浴びたばかりの肌と肌が触れ合い、ナターシャの胸の先端はたちまち硬くなった。あえぎ声がレオの口に吸いこまれ、官能のメリーゴーラウンドが再びまわり始めた。欲望をあおられた彼女はもはやレオに身をゆだねるしかなかった。情熱的なキスの喜びに自分を投げだし、レオの腕をつかんで、彼の張りつめた高まりに腰を押しつける。さらに自らレオにしがみついてキスを返した。鼓動はますます速くなり、呼吸は苦しい。ナターシャは彼の清潔なにおいとともに空気を必死に吸いこんだ。

そのときだった。激しい音がして、寝室のドアが乱暴に開かれた。ナターシャはとっさに目を開けてレオを見た。彼はすぐに頭を起こし、ドアのほうへ顔を向けた。

女性が立っていた。長身で、ステッキのようにほっそりした目の覚めるような美人だ。体にぴったりした、丈の短い赤いドレスを着ている。レオをにらみつける彼女の黒い目に、ナターシャは凍りついた。

「やあ、ジャンナ」レオは平然と挨拶《あいさつ》をした。「訪ねてくれてうれしいが、見てのとおり、取りこみ中でね」

言い終えるなり、レオはナターシャに向き直った。彼の妻、いや、元妻がギリシア語でわめき散らす。延々と続く非難を彼は徹底的に無視した。レオはナターシャを守るように抱きしめ、元妻の視線から遮った。彼は落ち着き払い、息も乱れていなかった。

ナターシャは穴があったら入りたかった。ジャンナは明らかに元夫を怒鳴りつける権利があると思っているようだ。この信じられない事態を、シンディとリコの情事を目撃した自分の状況に重ね、ナターシャは恥ずかしさに身を震わせた。

ナターシャの震えを感じ取り、レオは床に落ちたバスローブを拾いあげて彼女の肩にかけた。

「いいかげんに黙れ、ジャンナ。盛りのついた猫みたいだぞ」

レオが厳しい声を出すと、金切り声はやんだ。

「今夜はボスケット家のパーティに出るはずだったでしょう」ジャンナは英語に切り替えてレオを非難した。「ずっと待っていたのよ。なのに、いくら待っても来ないんだもの。わたしは笑いものよ！」

「そう思うのはきみの勝手だ」レオはかがんでタオルをつかみ、腰に巻きつけた。

「みんな、あなたが来るものと思っていたわ」

「行くと約束をした覚えはない」レオは語気鋭く言い放ち、バスローブの袖《そで》に腕を通そうとしていたナターシャを見やった。「手伝うよ……」

「自分でできるわ」ナターシャはぶっきらぼうに言い、伸びてきた彼の手を払いのけた。

レオの顔をまともに見られなかった。元妻の顔は見たくもなかった。頭がひどく混乱し、屈辱のあまりいっこうに震えが止まらない。

さらに悪いことに、言葉を発したばかりに、ナターシャはジャンナの注意を引いてしまった。肌に彼女の視線が突き刺さる。

「いつから好みが変わったの、レオ？　こんな小太りの女をベッドに誘うなんて」

小太りですって？　ナターシャは怒りで燃えるように熱くなった体をバスローブですっぽり包んだ。

「やせすぎの尻軽女よりよほどいい」レオは言い返し、元妻の侮辱を詫《わ》びるように、赤くなったナターシャの頬を優しく撫でた。「そろそろ行儀よくするんだな、ジャンナ。さもないと、ラスマスに命じてつまみだすぞ。実際、どうやってここまで入りこめたのか、確かめてみたい気もするがね」

ナターシャがドアのほうに視線を走らせると、ジャンナは胸の前で細い腕を組んで立っていた。身長百八十センチはありそうだ。体に吸いつくようなシルエットの赤いサテンのドレスを難なく着こなすところから見ても、自分とはまったく別種の女性であることがわかった。

見事な骨格、レオをにらむラテン系の黒い目、そして赤い唇をとがらせているジャンナを見て、ナターシャは思った。若くはないけれど、一流モデルとして充分に通用する、と。

顔を赤らめた元妻をレオはあざけるように笑った。

「この人は誰？」ジャンナは侮蔑《ぶべつ》の視線をナターシャに注いだ。「また、わたしの代わりを見つけようとしているの？」

たじろいで逃げようとしたナターシャを、レオはしっかり抱き寄せた。「きみの代わりは千年捜しても見つからないだろう」元妻に痛烈な皮肉《アガペ・ムー》を言い、優しい目でナターシャを見つめる。「いやな思いをさせてすまない、いとしい人。きみをぼくの元妻ジャンナに紹介させてくれ」

「わたしを過去の人間だというの?」ジャンナがまた金切り声をあげた。

「きみにナターシャを紹介できるのは無上の喜びだ。ぼくの美しい未来の妻をね」

レオの爆弾発言は優しくなめらかな口調でなされた。ナターシャは彼の毅然《きぜん》とした顔を見て、卒倒しそうになった。

「嘘《うそ》よ!」美しいジャンナの顔から血の気が引いた。

「そう思いたければ思うがいい」

「だって、あなたはわたしを愛しているわ!」

「昔のきみは愛する価値があった。だが今は……」

レオが肩をすくめ、残りの言葉をほのめかすと、ジャンナの目にははっきりと後ろめたさが浮かんだ。元妻を尻目に、彼は呆然《ぼうぜん》としているナターシャの唇にキスをした。

すると、ジャンナが空気を切り裂くようなわめき声をあげ、殺気だってナターシャに突進してきた。レオが悪態をついて、おびえたうさぎのように震えるナターシャの前に出て、盾となってジャンナの前に立ちはだかった。

何もかもが恐ろしく、ナターシャはかろうじて彼の背後に立っていた。レオは、長い爪で顔を引っかかれないようジャンナの手首をつかんでいた。

「すまない」レオはナターシャに謝り、泣きわめく元妻を力ずくで寝室から引きずりだした。

ドアが閉じられた。ナターシャはもう一秒たりとも立っていられず、ベッドの上にくずおれた。

レオがジャンナを抱えるようにして廊下に出ると、エレベーターのほうからラスマスが姿を現した。レオは鋭い目でボディガードを一瞥《いちべつ》した。

「申しわけありません。これはいったい――」

「彼女をここから連れだし、家まで送り届けて落ち着かせろ!」

ジャンナはレオの胸にしがみついて泣いていた。力任せに彼女の体を引きはがし、ラスマスに引き渡す。

「どうやってここまで入りこんだんでしょう?」ラスマスは泣き叫ぶジャンナを抱え、当惑しながらエレベーターに乗りこんだ。

「調べればわかる。ジャンナの誘惑に乗って、便宜を図った男を捜しだせ。見つかったら、ただちにこの屋敷から追いだす」

エレベーターのドアが閉まり、廊下にひとり残されると、レオの胸には怒りとさげすみ、そして嫌悪がこみあげた。屋敷に到着してまもなく、ジャンナから電話があったと家政婦から告げられた彼は、すぐに折り返しの電話をかけ、いいかげんにしてくれと元妻に言い聞かせていたのだ。

ジャンナの侵入は計画的だった。怒りに満ちた金切り声も芝居だ。自分の願望を満たすためならレオの使用人を誘惑してベッドをともにするのもいとわない。ジャンナのゆがんだ性格を見せつけられ、レオはぞっとした。

次の瞬間、レオの胸に疑念がわいた。

ジャンナの登場はタイミングがよすぎないか？　偶然とは思えない。まさか、リコが？　あるいはシンディ？　レオは廊下を引き返し、寝室の前で立ち止まった。腰のタオルが消えているのに気づいたが、そんなことはどうでもよかった。

なんてことだ《テオス》。レオは依然としてくすぶり続ける怒りをなんとか吹っ切ろうとした。ジャンナの異常性を、いったいどうやってナターシャに説明すればいいんだ？　精神的におかしくなったときはいつもぼくに助けてもらえると信じ、そうすることで正気を保っていられる女のことを。

説明するのは難しい。あまりに複雑だ。レオはひとつ息をつき、ドアを開けた。

ナターシャは青いスーツ姿に戻っていて、荷物を鞄に詰め直していた。

「ヒステリーを起こすな」レオはどうにか自分を抑えて静かにドアを閉めた。

彼の声を聞きつけ、ナターシャの背中が小刻みに震えた。「ヒステリーじゃないわ」

「だったら、なぜまた荷造りをしている？」その険しい声音に、レオは我ながらショックを受けた。

ナターシャは振り返って彼を見た。彼女はいつの間にか上品で取り澄ました女性に戻り、レオの生まれたままの姿を見ても、動じる気配はない。その毅然とした態度はレオを興奮させた。

ナターシャはその興奮のあかしを見て、冷ややかなまなざしを彼に注いだ。「もしかすると、その反応の原因はあの人かしら？」軽蔑《けいべつ》に満ちた声できく。

くそっ。レオは内心で毒づいた。「すまない」

何に対して謝っているのかレオは自分でもわからなかった。自分の憤った口調か、それともこの節操のない下半身に対してか……。

ナターシャは再び彼に背を向けた。レオは唇を引き結び、クローゼットからジーンズを出して足を通した。「ジャンナは正気を失っているんだ」

「最初が美しい狂気の妻で、次が小太りの女というわけね」ナターシャは靴を鞄に押しこんだ。

「元妻だ」レオはファスナーを上げながら訂正した。

「彼女にそう言ったら？」

「何度も言っている。きみも見たとおり、聞く耳を持たないんだ。それから、きみはどこにも行けないぞ、ナターシャ。荷造りをやめろ」

ナターシャは体を起こし、彼をにらみつけようとして振り返った。しかし、デニムに包まれた彼の長い脚を見たとたん、なんの話をしている最中だったかさえも忘れた。まったく別人のようなレオに、ナターシャの胸は高鳴り、鼓動が早くなる。レオはあまりに美しく、そして過剰なまでに男らしく、ナターシャが心の軌道修正を図るためにはもっと時間が必要だった。

「だから、わたしが未来の妻だと彼女に嘘をついたの？」

「嘘ではない」レオはきっぱりと告げた。

「いいえ、嘘よ。わたしは何があってもあなたと結婚する気はないもの」

「つまり、ぼくはきみにとって、単なるベッドの相手ということか？」皮肉めいた言葉が思わずレオの口をついて出た。

「二度としないわ！」ナターシャはレオを一瞬にらんでから旅行鞄に視線を戻し、ファスナーを乱暴に閉めた。

レオはクローゼットに寄りかかり、胸の前で腕を組んだ。「ということは、ぼくは一夜かぎりの薄汚い代用品というわけか」

「そのとおり。お金持ちから離れられてせいせいするわ。お金持ちのすることはすべて薄汚く、胸が悪くなりそうだもの」

「ぼくを指して言っているのか？　それともジャンナ、あるいはリコか？」

「三人ともよ」ハンドバッグを捜して室内を見まわし、ナターシャは眉をひそめた。どこにも見当たらない。最後にバッグを手に持っていたのはいつだったかしら？　思い出せない。

「何か大事なものでもなくしたのか？」レオはなめらかな声できいた。「バージンと同じくらい大事なものを？」

顔を平手打ちされたようなショックがナターシャの体を走り、彼女は憤慨した。「なぜわたしはあなたを大嫌いなのか、今思い出したわ」彼を真正面からにらみつける。

レオは相変わらずクローゼットにもたれ、肩をすくめて笑っていた。その姿は、有名ファッション誌の男性モデルのようだ。かつて、リコと比べると、レオの容姿ははるかに見劣りすると思っていたのが信じられない。もし今リコが隣に立っても、わたしはリコに目もくれないだろう。男らしさではリコはレオの足もとにも及ばない。鼻の頭の傷はレオの男らしい魅力を引き立てている。

全身からにじみだすレオの男としての香気に、ナターシャは身も心もとろけそうになった。ジーンズ姿もこのうえなくセクシーで、彼女は不覚にも、恋に落ちそうな錯覚にとらわれた。

ああ、いったいわたしの身に何が起こったの？　ナターシャはひどく狼狽《ろうばい》して彼から無理やり目をそらし、バッグを捜した。自分がどんな人間かよくわかっているつもりだったが、その自信はわずか一日でもろくも崩れ去った。きのうまでの自分はもうどこにもいない。今の自分は、まったく新しいナターシャ・モイルズだった。

わたしは男性に、あんな目で見られる女ではなかったはず。今のレオときたら、襲いかからんばかりに目をぎらつかせている。

望んでいない興奮がナターシャの全身に広がった。緊張した唇が震える。今すぐここを出なければ。

「わたしのハンドバッグを見なかった？」

「なぜハンドバッグが必要なんだ？」

「この屋敷を出ていくからよ」

「交通手段は？」

「タクシーよ」

「タクシー代を払うユーロは持っているのか？　タクシーを呼ぶ携帯電話は？　ここの住所だって知らないだろう？　住所がわからなければ、タクシーは迎えに来てくれない。それに、きみはギリシア語が話せない、いとしい人《アガペ・ムー》」レオは正論を振りかざして意地悪く彼女を痛めつけた。

「わたしの携帯電話はあなたが持っているわ」ナターシャは動揺を反映して震える声を憎んだ。

レオは愉快そうに肩をすくめた。「置き忘れてきたんじゃないか？　きみのハンドバッグと同じく」

こんなひとでなしは無視するにかぎる。そう決めつけ、ナターシャは再びバッグ捜しに取りかかった。

レオは険しい目で彼女を観察した。ナターシャはすべてにおいてきちんとした人間に見える。彼女の冷静な態度とジャンナの奔放さは対極に位置する。ジャンナは蔓《つる》のようにぼくにからみつくのに、ナターシャはぼくから逃げようとしている！

バッグを捜す彼女の背中に垂れたブロンドは、まだほんのり濡れていた。

「教えてくれ、ナターシャ。なぜそれほど出ていきたいんだ？　ほんの十分前はぼくと愛し合う寸前だったのに」

「あなたの奥さまが来たからよ」ナターシャは、ソファに並ぶクッションの下を捜しながら答えた。

「奥さまじゃない、元妻だ。それで？」

「彼女の主張には一理あると思ったの」ナターシャはレオを見ようともしなかった。

「どこが？」この話はどこに向かうのだろう？　レオは困惑した。ナターシャの考えが読めなかった。

「あなたの人生に首を突っこむ気はないわ」バッグは見つからず、ナターシャはクッションを元の位置に戻した。

彼女の頭の中は混乱していた。レオはまだ、元妻とベッドをともにすることがあるの？　あんなふうにいきなり寝室に入りこんできて文句を言う権利がジャンナにはあるのだろうか？　レオにぶつけたい露骨な問いが脳裏をよぎる。もしそうだとしたら、女性の扱いにかけて、レオはリコと同レベルだ。やはり薄汚い。

レオの不気味な沈黙を気にしながら、ナターシャはバッグ捜しを再開した。

「元妻とは今やなんの関係もない」レオはようやく口を開いた。「ベッドもともにしていないし、その気もさらさらない。ジャンナは押しの一手でたたみかけ続ければ、いつかぼくを心変わりさせられると思いこんでいるが、妄想にすぎない。きみは気づかなかったかもしれないが、ジャンナには情緒不安定なところがあってね」

丁寧な言い方とはいえ、レオの口もとは引きつっているように見えた。彼はジャンナの精神状態について本当のことを言うのを控えているに違いない。いったいわたしは何をしているの？　まるで恋に悩む女子学生のように、彼のとりなしのせりふをひと言も聞き逃すまいと努めている。

「ある点で、ぼくはまだジャンナに責任を感じている。なんと言っても、ぼくの妻だった女性だからな。だが、ここで議論する値打ちもない最低の理由で、彼女は結婚生活を自ら破局に導いた」レオはナターシャの追及を許さない厳しい顔で続けた。「彼女がここに押し入ってきて、きみを困惑させたことは謝る。セキュリティが甘かった」突然のように新たな怒りがこみあげ、レオはクローゼットから体を起こし、威圧的に言い放った。「しかし、ここまでだ、ナターシャ。これ以上の慰めは何もない。だから、悲劇の花嫁のような顔はもうやめてくれ。さあ、ナターシャ、ぼくが脱がす前に、そのジャケットを脱いでくれ！」

「な、なんですって?」怒りの矛先が急に自分に向けられ、ナターシャは目を丸くしてあとずさった。

そのしぐさがレオの怒りをあおった。「侮辱された哀れな被害者を演じるうちに、きみはぼくから盗んだ金のことは都合よく忘れてしまったようだな」

盗んだ金……。ナターシャはみぞおちを殴られたような衝撃を受けた。彼女は青ざめ、今にも気を失いそうになった。

ナターシャがその事実を忘れていたことに気づき、レオは舌を噛《か》み切りたい衝動に駆られた。ばかなことを口にしてしまった！

レオはとっさに駆け寄り、彼女の背中を支えてジャケットのボタンを外し始めた。過去の二度とはまったく異なり、緊張感が漂っていた。

ナターシャはあらがおうともせず、蝋人形《ろう》のように立ったまま、黙って服を脱がされている。それがいっそうレオをいらだたせた。彼はジャケットを投げ捨てるなり、クローゼットまで戻り、白いTシャツをつかんで頭からかぶった。

振り返ってナターシャを見やると、まだ同じ姿勢で幽霊のように突っ立っていた。なんてことだ《テオス》。打ちのめされた彼女を見るのがなぜこんなにもつらいのだろう？　レオは野蛮な自分に腹が立った。

「夕食に行こう」レオは荒っぽい口調で別の選択肢を口にした。結局いくら忘れたくても、彼女が盗みを働いた事実に変わりはないのだ。

ナターシャはようやく口を動かした。「おなかはすいていないわ」

「いや、食べられる。ロンドンの地下駐車場で吐いてから、何も食べていないんだから」

それを思い出させるなんて、レオ・クリスタキスはやはり無神経なろくでなしだ、とナターシャは思った。Tシャツとジーンズを着こなし、裸足《はだし》で優雅に室内を歩きまわる彼を見て、ナターシャはなぜか無性に泣きたくなった。どこか暗い片隅に膝を抱えて座り、思いきり泣きたかった。

レオは寝室のドアを開け、彼女が来るのを待っていた。ナターシャはうなだれて彼に従った。議論を続けても無意味だと悟ったからだ。わたしを打ちのめしたいのなら、彼はお金の話を持ちだせばいい。

レオ・クリスタキスは、血も涙もない冷酷な人間なのよ。ナターシャは改めて自分に言い聞かせた。わたしと彼との関係は取り引きにすぎない。なぜそれを忘れてしまったのだろう？

廊下を進む間、ナターシャは並んで歩く彼を見なかった。キャンドルライトがともるダイニングルームに入ってからも、顔を上げなかった。白いテーブルクロスがかかった食卓の中央で蝋燭《ろうそく》の火が揺れ、窓越しにアテネの夜景が光っていた。女性なら誰しも夢見る最高にロマンティックな光景だった。

ちょうどバーニスが二人分のナイフとフォークを並べ終えたところだった。レオとナターシャの間に漂う不穏な空気を察したようだが、彼女は笑みを浮かべてギリシア語でレオに何か言った。レオもギリシア語で応じ、ナターシャのために椅子を引いた。

沈黙が垂れこめる中、メイドが来て給仕を始めた。レオはこれ以上醜い争いはしたくないと思っているのかもしれない、とナターシャは思った。しかし、あまりの緊張感に、食べ物が喉を通らない。彼女は、窓の外の景色や少しだけ手をつけた皿の上の料理、それに白ワインの入ったグラスを交互に見つめた。視線を向ける先は、レオ以外ならどこでもよかった。

先に沈黙を破ったのはレオだった。彼はまなざしひとつでメイドを下がらせ、不意に身を乗りだし、テーブル越しにナターシャの左の胸をすばやくつかんだ。「ぼくを挑発する気か？　きみはブラジャーをつけていない。そうだろう？」レオのダークブラウンの目が蝋燭の明かりで金色に光った。

「やめて！」ナターシャは身を震わせ、とっさに立ちあがった。「二度とわたしにさわらないで！」ダイニングルームを飛びだしていく彼女の声は、怒りと悲しみが交錯していた。

ナターシャは折よくドアが開いていたエレベーターに飛び乗り、一階に下りた。頭の中は真っ白だった。庭に出ると、手入れの行き届いた低木やオレンジの木が、柔らかな明かりに照らされている。夏の夜のアテネは湿度が高く、庭を歩く人影はなかった。ナターシャはオレンジの香りに誘われ、曲がりくねった小道を進んだ。ひとりになりたかった。どこか暗い場所でひとりになりたい。

敷地を囲む高い塀にほど近い木陰に、ベンチがあった。ナターシャはそこに座ると、抱えた膝に顔をうずめて泣きだした。すべてはけさ、リコの浮気に関するメールが携帯電話に送られてきたことから始まった。ついさっき、ダイニングルームでレオに胸をつかまれた瞬間まで……あまりにも長い一日だった。次から次へと起こった出来事が思い出され、ナターシャの目から涙がとめどなくあふれた。

レオは木の幹に寄りかかり、彼女の泣き声を聞いていた。これほどいやな気分を味わうのは生まれて初めてだった。今日一日、自分がナターシャに対してとった言動は、許しがたいとしか言いようがない。泣きたい心境の彼女にセックスを強要し、挙げ句の果てに、夕食の席で彼女の胸を無理やり触るとは。今日のぼくは間違いなく最低の人間だった。彼女の魂の叫びを聞くのは、自分に科せられた当然の罰だ。しかし、レオは耐えきれなくなり、深呼吸をしてから歩きだした。そしてナターシャの隣に腰を下ろすと、彼女を膝に抱きあげた。

ナターシャは驚き、もがいた。しかしレオは、すまないとささやくように謝り、彼女を強く抱きしめた。真夏の庭に、レオの胸ですすり泣くナターシャの声が響く。彼女がようやく泣きやむと、レオは彼女を抱いたまま立ちあがり、屋敷に戻った。

泣き疲れたナターシャは、レオの腕の中で眠っていた。レオは部屋に入り、彼女をベッドにそっと横たえた。それから壊れ物を扱うように靴とスカートを脱がせ、上掛けを静かにかけた。

レオはしばらくナターシャの寝顔を見つめていた。やがて寝室を出ると、自分の書斎に行って受話器を手に取った。「ジュノか。夜遅くにすまない。頼みたいことがある……」

7

翌朝、窓から差しこむ陽光の中でナターシャは目を覚ました。不意に記憶がよみがえり、はっとして隣を見やる。ベッドの上にいるのは自分ひとりとわかると、鼓動が通常の速さに戻った。ただ、もうひとつの枕《まくら》のへこみやシーツの乱れ具合を見ると、レオがひと晩、隣で寝ていたことは明らかだった。

ふと、寝室のドアの向こうからかすかな声が聞こえた。そもそもその音で目が覚めたらしい。ナターシャは起きあがり、バスルームに向かった。そのとき初めて、自分がまだ白いニットを着ていることに気づいた。

レオが珍しく、生まれたままの姿にしないだけの思いやりを見せてくれたようだ。とはいえ、感謝の気持ちは少しもわいてこなかった。きのうはさんざんな目に遭った。この程度の思いやりで、印象がよくなるわけがない。レオ・クリスタキスは野獣同然だ。チャンスと見るや、獲物に襲いかかる。彼はわたしの体が欲しかっただけ。だから、ブルドーザーのように突進してきて、すくいあげるようにさらったんだわ。

ナターシャは髪をタオルでくるんでバスルームに入り、シャワーの操作パネルに目を凝らした。きのう、四方から水の攻撃を受けたことを思い出し、慎重にスイッチを入れる。そのかいもなく、彼女は再び、あらゆる角度から水を噴きつけられた。まるでシャワーにあざ笑われている気がした。

ナターシャは悲鳴をあげ、我が身を見下ろした。白い肌と豊かな胸、それに丸みを帯びた腰はいつもと同じだったが、肝心の内面は予想どおり変化していた。ナターシャは一日で女になった。愛や恋にいだいていた愚かな幻想ははぎ取られ、冷たい現実を突きつけられた。性の喜びに真っ逆さまに落ちていく人間に愛や恋は必要ない。

自分の欲しいものが目の前にあるのなら、ただ手を伸ばしてつかめばいい。リコもシンディもそうしたのだ。二人は互いに欲望を感じ、求め合った。わたしが同じことをして、なぜいけないの？

今、わたしはレオを求めている。現実を受け入れるべきだ。ナターシャはシャワーに打たれながら自分にそう言い聞かせようとした。確かに最初は脅されたが、レオとベッドをともにしたのは強要されたからではなかった。わたしが望んだのだ。彼もそれに気づいていたから、わたしを奪ったのだ。これほど明確な事実はないだろう。

ナターシャがバスローブを羽織って寝室に戻ったとき、バーニスがテラスから室内に入ってきた。ナターシャは恥ずかしさで体が熱くなり、彼女がいなくなるまでバスルームに隠れていたいと思ったが、すでに手遅れだった。

「おはようございます《カリメーラ》、お嬢さま《ゼスピニス》」バーニスが笑顔で挨拶《あいさつ》をした。「外で朝食をとるには絶好のお天気ですよ」

「そうね」ナターシャは笑みを返した。「ありがとう、バーニス」

バーニスが部屋から出ていくと、ナターシャはテラスへ向かった。開け放たれたガラス戸の向こうから、日差しを浴びた朝の空気と、コーヒーの香りが漂ってくる。急におなかが鳴り、空腹だと気づいたが驚くにはあたらない。なにしろきのうはろくに食べていないのだから……。

ナターシャの足が突然止まった。レオの姿を認めて息をのむ。彼はテラスで、コーヒーカップを手に悠然と新聞を読んでいた。レオが朝食の席についているとは！　愚かにもナターシャはまったく予想していなかった。

ナターシャのかすかな驚きの声を聞き、レオは新聞から顔を上げた。「おはよう《カリメーラ》」彼は穏やかに言って立ちあがった。バスローブをまとったナターシャの、裸足《はだし》の爪先から乱れた髪へと、彼の視線が這《は》いあがる。

レオはビジネススーツ姿だった。にもかかわらず、昨夜の甘く激しい記憶がよみがえり、ナターシャの下腹部を熱くさせた。

ナターシャは彼の全身に視線を走らせた。グレイの生地に包まれた脚は信じられないほど長く、上半身は淡いブルーのシャツに覆われている。ネクタイは藍色《あいいろ》だった。髭《ひげ》を剃《そ》ったばかりの顔に目がいくころには、恥ずかしさといらだちで彼女の頬は赤く染まった。

「おはよう」ナターシャはそっけなく英語で返した。

「よく眠れたようだな」レオの唇の端に笑みが宿り、彼女の強がりをからかった。

「ええ、ありがとう」冷静に、口先だけで答えて、ナターシャはレオの向かい側の椅子に座った。騒ぐ心を静めようと、バスローブのポケットに手を突っこみ、ぎゅっと拳《こぶし》を握る。彼にも早く座ってほしかった。長身のレオが立ったままだと落ち着かない。

「きみの食べたいものがわからなかったから、バーニスがビュッフェ形式で用意してくれたよ」レオはほほ笑み、長い指で別のテーブルを示した。「欲しいものを言ってくれたら、ぼくが取ってくる」

ナターシャは、覆いのかかったいくつもの皿に目を向けた。「ありがとう。トーストだけでいいわ」

「ジュースは？」

少しためらい、彼女はうなずいた。「お願い」

レオは皿の並んだテーブルに行き、グラスにジュースをついだ。これほど穏やかで快い家庭生活の光景はめったにないだろう、とナターシャは思った。でも、わたしの目は彼の体ばかり追ってしまう。貪欲《どんよく》な裏切り者のようで、家庭的とはとうてい言いがたかった。

片方の手にオレンジジュースを持ってレオが振り返ると、ナターシャは慌てて目をそらし、陽光にきらめくアテネの朝の景色を見るふりをした。背後から近づいてきたレオがナターシャの前にオレンジジュースを置いた。グラスの中で氷が音をたてる。二人の間で興奮の兆しとためらいが交錯する。レオはあまりにも近くに立っていて、ナターシャの心をかき乱した。

そしてレオのもう一方の手がグラスの横にトーストラックを置くと、彼の清潔な香りまで感じ取ることができ、ナターシャは息苦しさを覚えた。「ありがとう」

「どういたしまして」レオは席に戻り、コーヒーカップと新聞を手に取った。

レオが新聞に目を移すと、ナターシャは小さく息を吸いこんだ。そしてバスローブのポケットから手を出してグラスを取り、オレンジジュースをゆっくりとひと口飲んだ。まだ緊張していたが、日陰になったテラスを吹き抜けるさわやかな風に、徐々に彼女の心はほぐれていった。

トーストに手を伸ばしたとき、テーブル上に自分の携帯電話が置かれているのに気づいて、ナターシャの動きが止まった。

「ぼくの上着のポケットに入っていたのをバーニスが見つけたんだ。ぼくは自分が持っていたことを、すっかり忘れていたよ」

レオは新聞に夢中なのかと思ったが、どうやらそうではないようだ。ナターシャは唇を結んでうなずき、電話を手に取って表面を指で撫《な》でた。開くと、リコとシンディからの留守番電話とメールでいっぱいだった。レオの視線を意識しながら、ナターシャはメールを削除し始めた。ひとつずつ画面から消えるたび、彼女は喜びを感じていた。

「少し服を買わなければ」最後のメールを消してトーストを取ったナターシャはそっけなく告げた。

レオは何も言わなかった。それでも、メールを削除したことについて何か言いたそうな気配があった。レオはわたしのメールを読んだのかしら？ わたしがここから逃げだす方法を、リコが指示してきたとでも？ リコとわたしが共謀して盗んだと信じているお金を引きだせる六週間後まで、二人でどこかに隠れていられるように……。

レオは黙って上着のポケットに手を入れ、革の札入れを取りだした。「ぼくが利用している銀行にきみの口座をつくろう。だがそれまでは……」

突然、分厚い札束が携帯電話の横に置かれ、ナターシャはたじろいだ。

「これで好きな服を買うといい。ラスマスがきみを街へ送っていく」

「運転手はいらないわ。店は自分で探せるし」

「ラスマスは単に運転手として雇われているわけではない。きみがここにいる間、エスコートするのも彼の役目だ」

「なんのために？　わたしが逃げないよう見張るため？　だったらご心配なく。捕まって刑務所に入れられるのはごめんだもの」

「きみのボディガード役だ」

「どうしてそんなものが――」

「物騒な世の中だからな」レオはぴしゃりと言った。

「あなたにとってはね」

「きみは今、ぼくの私生活の一部だ。ということは、メリットもデメリットも同時に引き受けなければならない」

メリットですって？　あなたの愛人になるメリットがどこにあるの？　ナターシャは怒りに駆られた。

「わたしがあなたと一緒だと知られているならともかく、そうではないのだから、ボディガードなど必要ないでしょう」

「いずれ知られる。遅くとも今夜のうちには」レオは静かに新聞をたたみ、驚くべき宣言をした。「今夜はぼくの友人たちと一緒に食事をする。だから買い物の際に、ドレスも一着買ってくれ。フォーマルパーティにふさわしい、いつもとは違うかわいいドレスをね」

かわいいですって？「そんな格好をするのはごめんだわ」ナターシャはマーマレードの瓶をつかみ、トーストにたっぷり塗り始めた。

レオは取り合わずに続けた。「鮮やかな色をした、きみの体形を引き立てるようなドレスがいい」

「浮ついた女性のように着飾るのはいや！」

「なぜだ？　自分に自信がないから、張り合いたくないのか？」

その挑発に不意をつかれ、ナターシャは息をつまらせた。

「きみはシンディやジャンナのような高慢な人間を相手にすると、妙に怖《お》じ気《け》づくところがある。彼女たちのようなタイプは、内気でおとなしい女性を見分ける能力を持っていて、きみを格好の標的としてとらえているんだ。まったく腹が立つ。だが、ぼくが見ていていちばんいらいらするのは、きみが彼女たちを増長させていることだ。おとなになれ、強くなれ、いとしい人《アガペ・ムー》。きみは今、ぼくと一緒にいる。ぼくの女性を見る目は確かだという評判だ」

ナターシャの神経はぴんと張りつめた。「だったら、ジャンナと結婚していたときには、あなたの評判はがた落ちだったでしょうね」

彼女の怒りをレオは笑いとばした。「人間は一度の過ちまでは許される。リコはきみの過ち、ジャンナはぼくの過ち。それであいこだ」

とっさに返す言葉が出てこず、ナターシャはいらいらした。「どうしてわたしを放《ほう》っておいてくれないの？」

レオは立ちあがり、円テーブルのへりに沿って彼女に近づくや、マーマレードのついた彼女の唇をすばやく奪った。

「うまい」レオは唇を離してつぶやいた。「もう一度試してみよう……」

レオは瓶に指を入れ、マーマレードを彼女の下唇に塗った。それから顔を寄せてマーマレードをなめ取った。彼の唇が再び離れると、ナターシャはうっとりした表情を浮かべ、ピンクの舌先で猫のように自分の甘い唇をなめた。

「実にいい」レオが低い声でささやいた。

ナターシャは初めて味わう体験に酔っていた。

レオは体を起こし、楽しげな笑い声をあげながらガラス戸のほうへ歩いた。

「シンディやジャンナだけじゃないわ。あなたも相当に高慢な人よ！」我に返ったナターシャは、ナプキンをつかんで唇をぬぐい、彼の背中に向かって非難の言葉を投げつけた。

「なのに、ミス・クールはいとも簡単に自制の鎖から解き放たれる。どういうことかな？」

レオは振り返ってほほ笑み、ガラス戸を開けて室内に入っていった。ナターシャは、見えなくなるまで彼をにらみつけた。レオの言うことが図星なだけに、彼女ははらわたが煮えくり返っていた。わたしはレオに触れられた瞬間、自制心を失う。これほど簡単にわたしを操れるなんて、フェアじゃないわ！

ナターシャはテーブルに置かれた札束を見た。着飾る自信もなく、高慢な人間と張り合えない性格であることも認めざるをえなかった。だが、あんなふうに見下すような口調で言われるのは悔しかった。

わたしがミス・クールなら、彼はミスター・傲慢《ごうまん》だわ。ナターシャは心の中で力なくあざけった。

バッグの中で携帯電話が鳴ったのは、ラスマスの運転するリムジンに乗っているときだった。昨夜捜していたバッグは、テラスのテーブルの上にあったようだ。見つけてくれたのは、朝食を用意したバーニスだった。ナターシャが電話を取りだして画面を見ると、リコでもシンディでもない。相手の声を聞いて、ナターシャは驚いた。

「どうしてこの番号を知っているの、レオ？」

「こっそり入手した」彼は白状した。「聞いてくれ。臨時の会議が入ってしまい、今日は帰宅する時間がない。だから、ぼくはパーティ会場に直行する。きみのことは友人に頼んでおいた。衣装も身支度もすっかり整えてくれるだろう。スタイリストのペルセフォネ・カリデスという女性だ。ラスマスが彼女の店に連れていってくれる。彼女に対して意地は張るなよ、いとしい人《アガペ・ムー》」レオは穏やかに忠告した。「彼女を信頼するんだ。ぼくの知る中で、誰よりもセンスがいい」

わたしをやりこめるのがそんなに楽しいのかしら？　ナターシャは憤慨した。「あなたは本当に失礼な人ね。もう少しよく考えてからものを言ったらどう？」彼女は一気にまくしたてた。

　短い沈黙があり、次に驚くべき言葉が耳に入ってきて、ナターシャはうろたえた。

「すまない。きみを批判する気はなかった」

「批判にしか聞こえなかったわ」ナターシャは電話を閉じ、バッグにしまった。すぐにまた鳴りだしたが、彼女は無視した。


「あら、まあ」ペルセフォネ・カリデスはナターシャに会った瞬間、目を丸くした。「変わっている女性だとレオから聞いていたけれど、これほどとは思わなかったわ！」

　ナターシャは、似合いもしないクリーム色のスーツ姿だった。自分より優に十五センチは背が高いモデル体型の女性を見つめ、強気に応じる。「彼は必死なのよ。わたしがみっともない格好でパーティに現れたら恥をかくのは自分でしょう？　だからここへよこしたの」

「冗談でしょう？」長身のスタイリストは笑いだした。「レオはもっと上質なものを求めているわ！　彼が欲しいのは、つつしみ深さ。それから優雅さと上品さ。ほかの男性が競い合って見るような胸の開いたドレスはだめなんですって！　わたしは久しぶりに喜びで胸が震えたわ。あのレオ・クリスタキスが嫉妬《しっと》と独占欲に駆られて、わたしに助けを求めてくるなんて！」

　ナターシャは顔を赤くした。これは、レオからわたしへの新たな挑戦状？　それとも、彼女の言葉を素直に受け取るべきなの？

いずれにせよ、レオがスタイリストに傲慢な指示を下した事実は、ナターシャの反抗心に火をつけた。

数時間後、ラスマスは港に停泊した豪華客船の横で車を止めた。ナターシャは、夕暮れの港を彩る船のシルエットに思わず見とれた。船上パーティだとは、夢にも思っていなかった。

「この船はボスの持ち物です」車のエンジンを切り、ラスマスが言った。「以前はお父上の所有だったんですが、売却が決まったときにボスが反対したんです。お父上は利益を上げることを条件に、船をボスに譲りました」

それで船をレストランに？「当時、レオはいくつだったの？」

「十九歳です。船をすっかり改装してチャーター船にし、最初の一年で利益を上げました」ラスマスは誇らしげに続けた。「二年前、さらに改装を加えたときに航海から引退させ、ここに運びました。今はアテネでも有数の高級レストランです」

そこは主要港の喧騒《けんそう》から離れた美しい馬蹄《ばてい》形の港だった。車から蒸し暑い夜気の中に降り立ったナターシャに、海風が当たる。目の前の船は壮麗で、レオの感傷的な面を表しているようだった。彼にそんな一面があるなんて一生認めないけれど。

あるいは彼の金儲《かねもう》けの才を表す構造かも。ナターシャはタラップをのぼりながら、皮肉たっぷりに考えた。ペルセフォネ・カリデスの力を借りて、レオに自分の反抗心を見せつけるときが近づくにつれ、彼女の鼓動は速くなった。

レオは黒いタキシード姿でデッキの白い壁にもたれて待っていた。彼と目が合うや、ヒールを履いたナターシャの足が止まった。レオを目の前にして、意地を見せつけるはずの自分の装いに自信をなくしたのだ。レオはありふれたタキシード姿なのに、息がつまるほどゴージャスに見えた。

レオが何か言うのを待つ間、彼女の中で反抗と不安がせめぎ合った。わたしは彼の望みどおり、ペルセフォネに従った。彼は満足かしら？　それともわたしの姿を見て、とがめるのかしら？

レオは何も言わず、彼女の姿を上から下まで眺めた。顔のまわりで波打つブロンド、あらわになった肩、すみれ色の生地を押しあげる二つの胸のふくらみ。体にぴったり張りついたホルターネックのドレスは、丈こそつつましい膝丈だったが、えも言われぬ官能的なラインを描いていた。スカートにはバックプリーツが入り、ほっそりした脚をいっそう長く見せている。

ナターシャは自分がセクシーに見えることを知っていた。ペルセフォネがそう言ったからだ。ナターシャは、たっぷりと時間をかけてドレスアップしてもらっているうちに、ペルセフォネは口先だけの賛辞を言わない人だと気づいた。

〝あなたにこれを着せたわたしは、レオに殺されるかもしれない〟彼女は最後にそう言った。

ペルセフォネの言葉どおり、レオの機嫌はよくないようだ。眉を寄せ、いかめしい顔をしている。その表情を見て、ナターシャは勝利の喜びを覚えた。レオが鼻の傷を指で撫でたとき、ナターシャは勝ち誇って笑いたくなった。

しかし、レオが無言で歩いてくると、彼女の笑いは引っこんだ。露出した肌がざわついたものの、入念にメイクを施された目で、必死に平静を装った。レオはナターシャから十センチにも満たない距離まで近づき、深紅の口紅に縁取られた彼女の唇を見下ろした。そして、ハートをかたどったような、ドレスの胸もとに視線を下げた。

レオは細く絞った彼女のウエストをつかんで引き寄せ、熱い攻撃的なキスで口紅をかすめ取った。

「今夜はぼくのそばから離れるな。さもないと海に投げこむぞ」体を離したとき、レオは燃える目で彼女を脅した。

「内気でおとなしい女を卒業しておとなになれと言ったのはあなたよ。このドレスのどこがいけないのかしら?」ナターシャは冷ややかに尋ねた。

「ドレスの色は問題ない」

「それで褒めているつもり? あなたは人を喜ばせる方法を知らないの?」

そうかもしれない、とレオは認めた。だが、彼女はぼくをいらだたせて喜んでいる。ぼくがそれに気づかないと高をくくっているのだろうか?

「行こう」レオはあきらめのため息をついた。自分が何を求めているのか、はっきりわかったからだ。よけいなことを言ったと今さら後悔しても始まらない。これはぼく自身の問題であり、ナターシャの問題ではない。ひと晩じゅう続くこのパーティで、ぼくたちはけんかをしないでいられるだろうか？　ナターシャを傷つけるようなことは言うまい、と彼は自分に言い聞かせた。

大広間に足を踏み入れた瞬間、ナターシャは好奇の視線を浴び、新たな葛藤《かっとう》の中に投げだされた。彼女はとっさにレオに体を寄せ、タキシードの下のシャツにしがみついた。

レオは彼女の名を〝ナターシャ〟とだけ紹介した。セカンドネームの〝モイルズ〟をつけると、客たちが、〝リコの婚約者〟を連想する危険があったからだ。レオが彼女を紹介してまわった客の半数は、つい先週、リコの母親からメールで送られてきた結婚式招待客リストに並んでいた名前だった。

ナターシャは困惑した。リコとの婚約破棄を思うと、この場にいるのは気まずい。なぜレオは、わたしをこのパーティに連れてきたのだろう？　今は誰もがわたしに敬意を払ってくれるけれど、それは、レオ・クリスタキスと一緒だからだ。わたしの正体が知れたら、とたんに距離をおくに違いない。

ディナーは別の広間に用意されていた。供するのはアテネでも指折りのシェフらしい。ナターシャはかしこまって席についた。

「レオはすべてにおいて最高のものを好むからね」隣に座ったレオの友人、ディオン・エンジェリスがにこやかに教えてくれた。

ディオン・エンジェリスはレオと同年代で、ほかの出席者たちと同様、いかにも金持ちといった雰囲気を漂わせていた。ディオンの隣に座る美しい女性が彼の妻、マリーナだ。

ナターシャが見るかぎりでは、ギリシア人の妻たちは、ほかの男性の恋人に話しかけない。少なくとも今夜のパーティに出席している妻たちは皆そうだった。マリーナはその典型で、つんと澄ました顔で、不機嫌そうにしている。

次の瞬間、ナターシャは、ディオン・エンジェリスが自分の胸もとに視線を這わせているのに気づいた。彼女は身を硬くしてマリーナを盗み見た。マリーナは、ほかの女性に関心を持つ夫への怒りを懸命に隠そうとしていた。それだけでなく、さげすんだような痛烈な視線をちらりとナターシャに向けたのを、彼女は見逃さなかった。ほどなくマリーナはレオに顔を向けた。

「ねえ、レオ。ジャンナは昨夜、ボスケット家であなたを待っていたわよ。あなたが現れなかったから、ずいぶん動揺していたわ」彼女はジャンナの親友だった。

ナターシャは思わず小さく口を開け、マリーナの横顔を見た。つまり、恋人の地位は元妻より低いというわけね。彼女はわたしに身のほどを思い知らせようとしているらしい。

「ジャンナの不満はもう聞いたよ」レオは冷静に応じ、こう続けた。「ディオン、ぼくの未来の妻の胸から視線を外してくれないか……」

衝撃の一瞬だった。そのせりふがレオの口から穏やかに、かつ威厳を持って吐かれた瞬間、室内を満たしていた話し声がいっせいにやみ、客たちの視線がナターシャに注がれた。洗練された雰囲気に満ちたディオンの顔がみるみる赤くなり、彼の妻は唇をぎゅっと結んでナターシャをにらんだ。驚いてレオを見たのはナターシャだけだった。一方レオは、涼しい顔でワイングラスを見つめ、ほほ笑みながら優雅にくつろいでいた。

「おめでとう」誰かがつぶやいたのを機に、同様の言葉がさざなみのように広がった。ナターシャはレオを見つめ続けた。レオはようやく顔を上げ、彼女を見つめ返した。彼の決然としたダークブラウンの目が、否定できるものならしてみるがいい、と自信たっぷりに挑発していた。

違う！　ナターシャの叫びは喉まで出かかった。面倒な仕事は早く片づけるべきだと頭が命じる。今こそ、自分の正体をみんなに知らせるべきだ！

レオは平静を保ったまま、すばやく彼女の手を握り、穏やかに警告した。「やめろ」

また心を読まれた！　ナターシャはマリーナのほうに視線を戻した。恥をかかされたマリーナは、怒りを押し隠すようにナターシャを見つめていた。「他人との関係なんて、むなしいものよね。そう思わない？」ナターシャは、ぎこちない笑顔でマリーナに言った。

「わたしはせめて、レオとの結婚が、感情的な結末を迎えないよう祈るわ。彼の最初の結婚よりも、もっと穏やかな生活を享受したいの」

ナターシャはそう言うなり立ちあがった。動揺していたが、言いたいことは言ったと思った。レオの元妻のジャンナは、失った男性をまだ追いかけている。そして、レオがあんな発言をしたのは、マリーナの夫がわたしに色目を使ったからだ。ディオンがそんなことをしたのは、ほかの男性の恋人は彼にとっては格好の標的だからに違いない。いったいマリーナは、夫にとってどういう存在なのだろう?

レオも立ちあがった。彼の手はナターシャの指先を握っていた。「申しわけないが」レオは呆然《ぼうぜん》とする客たちにそっけない口調で告げた。「ナターシャとぼくは二人きりで話す必要があるようだ。まだスタートしてもいないのに、彼女はぼくたちの結婚を離婚裁判所にゆだねかねないからな」

レオはみんなに背を向け、ナターシャをいたずら盛りの子どものように手を引っ張って出口に向かった。二人が去った広間には、ざわめきと、ためらいがちな笑いが残った。

「あなたは今しがたの宣言を最初から計画していたのね?」ラスマスが車のドアを閉めるや、ナターシャは非難した。「だからわたしをパーティに同伴したんだわ。ペルセフォネのもとに送りこんで、ふさわしい格好をさせようとしたのも、すべて計算ずくだったのね」

「きみはぼくの言うことを聞かず、自分の好みを押し通したドレスで現れたじゃないか、ナターシャ」レオは広間での突拍子もない発言をまったく後悔していないようだった。

「ぼくはペルセフォネに、控えめでエレガントなドレスを頼んだのに」

ナターシャは鋭い視線をレオに向けた。「理解不能だわ。あなたはわたしに、内気な女を卒業しておとなになれと強く言ったでしょう」

「それについては考えが変わった」

「なぜ?」

「お堅い服を着たきみのほうが安心できるからだ」

あっさり認められ、ナターシャは面食らった。

「なぜそんなに不思議がるんだ? ぼくはそもそもきみのつつしみ深い神秘性に引かれたんだ。きみをよく知るようになって、神秘的なままでいてくれたほうがいいと気づいた。ぼく以外の男の前では」

「あなたって、信じられないくらい傲慢な人ね!」

「マリーナは、きみを単なるぼくの恋人だと思って攻撃したんだ。ぼくに結婚の意思があるとわかれば、二度とあんな態度はとらないはずだ」

「どうかしら? わたしが弟を捨てて金持ちの兄に乗り換えた女だと知ったら、彼女はまた、攻撃的な目でわたしを見るわ」

「ディオンも今後は自重するさ。マリーナもそう思っているはずだ」

「どちらにしろ、わたしはあなたと結婚する気はないの。とんだ災難だわ。お客さまを騒がせたお詫《わ》びは、あなたがきちんとしてね」

お詫びだって？　彼女はぼくが思いつきで結婚宣言をしたと思っているのか？　レオは急に押し黙り、別のことを考え始めた。たった今、ぼくが飛びかかったら、ナターシャはどうするだろう？　隣に座る彼女は、ぼくの反撃を予想して身構えているように見える。膝の上で固く手を組み、唇を小刻みに震わせている。

「つまり、きみはこの先も、ぼくに体だけを提供する気か？」レオは楽しみはベッドまでとっておくことにした。

「ええ、そうよ！」ナターシャは強気を通した。

「それはよかった。今夜のきみは本当に美しい。早くそのドレスを脱がせたくてたまらない」

レオの穏やかで官能的なささやきは、ナターシャを一気に熱くさせた。全身に震えが走り、自分が罠《わな》にはまったことを認めざるをえなかった。

車が屋敷に到着すると、重厚な門が開き、正面階段の前で止まった。車を降りた二人は石段をのぼって屋敷に入り、エレベーターで最上階へ向かった。沈黙が続き、狭い空間に緊張がみなぎる。レオはナターシャに触れようともしなかった。

最上階に着いてドアが開くと同時にレオは彼女に手を伸ばしたが、ナターシャはとっさにあとずさって尋ねた。「みんなの前で、わたしとの結婚を宣言した理由を教えて」

レオはまだこだわっている彼女にいらだち、ため息をついた。「明日の経済紙にぼくたちが結婚するという記事が載るからだ。沈黙を守る理由はないと判断した」

　ナターシャはあっけに取られた。「わたしの承諾なしに結婚できるとでも？」

「もちろんだ」レオは大股に廊下を歩きだし、蝶《ちょう》ネクタイをもどかしげに引っ張った。

　ナターシャは慌ててあとを追った。「でも、わたしの名前が新聞に載ったら、わたしとリコとの関係をあなたのお友だちに知られてしまうわ！」

「きみはリコとなんの関係もない」寝室に入るなりレオは蝶ネクタイを外し、椅子の上に投げた。

「なんですって？　わたしがリコの盗みの共犯者だと主張したのはあなたよ」

「きみは……リコの共犯者なのか？」

　ナターシャの怒りは頂点に達した。犯罪者扱いはもううんざりだった。「違うわ。自分の意思で共犯者になったわけじゃない」

「だったら、ぼくたち二人のために、この話題はこれで終わりにしよう」レオもまたうんざりしたように言い、タキシードを脱いだ。「きみは今夜、自分の夫を抑えられない女性からいやがらせを受けた。ぼくはきみを守ったんだ。金切り声で責められる筋合いはない」

　金切り声？　ナターシャは思わず反論しそうになった。金切り声でレオを責めたのはジャンナだ。どんな形であれ、彼女と比較されたくない！　しかし、レオがシャツの第一ボタンを外す動作が、ナターシャの気持ちを別の方向へといざなった。彼女は自分たちが寝室にいることを強く意識した。

ナターシャはちらりとベッドを見た。きれいに整えられている。鼓動が速くなり、彼女はレオに視線を戻した。「わたしをここに誘導したのね?」

レオは、シャツの残りのボタンを外しながら、彼女の表情を楽しげに眺めていた。「ぼくは生まれながらの策士なんだよ。そろそろ気づいてもいいころだ、いとしい人《アガペ・ムー》」

なんて魅惑的なのだろう。レオのシャツからのぞくブロンズ色の肌に目が吸い寄せられ、ナターシャは何も答えることができなかった。

「ぼくに触れたいか?」

ハスキーな彼の声に、ナターシャの唇が震え、開いていく。むろん、否定の言葉は出てこなかった。

「おいで、ナターシャ」

ナターシャは吸い寄せられるようにレオに近づいた。早くも五感が麻痺《まひ》している。これほど簡単にレオに従う自分を、彼女はいぶかりさえしなかった。ただひたすら、彼を求めていた。

レオはナターシャの手をつかんで引き寄せると、激しいキスで彼女を喜びの渦に巻きこみ、ドレスをはぎ取った。まるでナターシャの体を永遠に記憶にとどめようとするかのように曲線を隅々まで撫でてから、ベッドに横たえる。

「こんなこと、本当は許してはいけないんだわ」血がたぎるような興奮を覚え、ナターシャはうめいた。

「ぼくがきみより感じていないと思うのか?」レオは彼女の手を自分の胸に押し当て、鼓動の速さを確かめさせた。

その夜、二人は時間をかけて愛し合った。ナターシャは何度も絶頂に達し、やがて深い眠りに落ちた。

目が覚めると、きのうと同じようにまぶしい光が差しこんでいた。まだ早朝だが、レオはもう起きているようだ。ナターシャが幸せの余韻に浸っていると、シャワーを浴びたばかりのレオがやってきて彼女を立ちあがらせ、バスローブを着せてテラスへと引っ張っていった。

「どうしたの?」起き抜けでナターシャは頭がくらくらした。

昨夜の情熱はすっかり消え、レオは険しい形相でナターシャを椅子に座らせた。そして、テーブルに広げたタブロイド紙を指した。「読んでごらん」

読んでごらん。ナターシャはその言葉を頭の中で繰り返し、ぼんやりした頭を働かせようとした。彼はわたしを強引にテラスに連れてきて、バスルームも使わせてくれない。まあ、いいわ。読めばいいんでしょう。

新聞に目をやった瞬間、ナターシャの眠気は一気に吹き飛んだ。

8

〝貧乏人より金持ちを選んだ計算高い女性！〟

大きな見出しが躍り、あとに記事が続いた。

実に興味深い三角関係だ。現在イギリスポップス界にセンセーションを巻き起こしている新人歌手シンディ・モイルズの姉、ナターシャ・モイルズは、六週間後に結婚する予定だった男性を捨て、その義理の兄であるギリシア人大富豪、レオ・クリスタキスと駆け落ちをした。この愛憎劇の陰で、イタリア人のプレイボーイ、リコ・ジャンネッティは世間の嘲笑《ちょうしょう》を浴びている。

シンディ・モイルズにとっても寝耳に水の話だという。〝姉が陰でレオ・クリスタキスと会っていたなんて全然知らなかったわ。驚いているのはわたしも同じよ〟彼女は今日、新しいマネジメント会社のスタッフも同席した会見でそう主張した。シンディは近々ニューシングルを発売する予定で、大ヒットが確実視されている。

リコ・ジャンネッティのコメントは今のところとれていない。関係者によると、リコの母親はひどく動揺しているという。クリスタキス社の広報室は、経営者と義理の弟の婚約者との間に起こった尋常ならざる事態を否定している。

記事は延々と続いた。

それだけではなかった。この屋敷のバルコニーでレオに抱擁されているナターシャの写真が大きく掲載されている。愛に飢えた雌猫のような顔で抱かれている自分を見て、ナターシャは凍りついた。

「さすがはパワーズームレンズだ」レオは椅子に悠然ともたれ、苦々しげに笑った。

「で、でも、わたしがここにいることが、どうしてわかったの？」ナターシャはしどろもどろに尋ねた。

「きみの妹が話したに違いない」レオは厳しい顔で告げた。「シンディの新しいマネジメント会社は実に冷静で、機転がきくようだ。スターの座を失いたくないシンディは、リコに暴露されるのを恐れて会社に相談した。それを受けた会社側は、彼女の言い分を先に公表することで主導権を握ろうとしたんだ。なにしろシンディは金の卵だからな。ぼくがリコにいっさいの発言を禁じたことが、シンディには幸いした。そうでなければ、娼婦《しょうふ》まがいの行為をいつ暴かれるかと、彼女はいつまでもおびえることになるからな」

「やめて！」ナターシャはレオのおぞましい推理に息が止まりそうになった。事実は充分に醜悪だが、レオの推理はその事実を何倍も醜悪にする。

「事実から目をそむけるな、ナターシャ」レオは声を荒らげた。「シンディはこの記事を利用して、ただで新曲の宣伝をしているんだぞ。新しいマネジメント会社も、しっかり会社名を印刷させている」

怒りに満ちたレオの口調に、ナターシャは身震いした。「何かあなたにできることが――」

「たくさんある」レオは彼女を遮った。「まずきみの妹を音楽業界から抹殺できる。だが、今さらそんなことをしても無意味だろう。それから、きみをここから追いだすこともできる。〝一晩の楽しみのために弟から婚約者を奪った非情な男〟と書きたてられるのを承知のうえでな。非情と見られるのは、ビジネス界ではかえって好都合だ」

レオの怒りの嵐《あらし》に、ナターシャは胸がひどく痛んだ。「あるいは、わたしが自分から出ていくこともできるわ」語気を強めて言い返す。「兄弟の両方と関係を持ったけれど、どちらもたいしたことはなかった、と言いふらして本物の尻軽女を演じるわ」

テーブルを挟んで座るレオの目がますます険しくなったが、ナターシャは気にしなかった。

「ミス・クールは見事にみんなの期待を裏切ることになるわ。それから手記を出版して、ちょっとした財産をつくることもできる。実業界の億万長者とイタリア人プレイボーイの性的嗜好《しこう》を赤裸々につづった暴露本をね！」

「たいしたことはなかった、だと？」レオはそこだけを取りあげた。

「あなたなんか大嫌い。むかつくわ。わたしをこんなところまでさらってきて。ロンドンの屋敷に連れていかれた直後だって、ぼくが抱きたいのはきみだと言って、わたしを混乱させたわ。ひどい光景を目撃したばかりの女性にそんなことを言う男性がいるかしら？自分が何をしているか理解できない状態の女性をくどき、異国にさらってくる男性が、どの世界にいるというの？」

「よく言えるな。リコのような甘やかされた役立たずの男に恋をし、婚約者の派手な浮気に気づかない女性がどこの世界にいるんだ？」

目には目を。レオは彼女以上に相手の胸を深くえぐった。

ナターシャは震えがちに息を吸った。「あなたはその次に、リコはわたしを求めてもいなかったと言うんでしょう？」

「きみは、リコのお古を受け入れたぼくを、そんなふうに非難できるのか？」

ナターシャは憤然として立ちあがった。「あなたはそんなふうにわたしを見ているの？」

息がつまりそうだった。

「いや」レオの声は粗い紙やすりのように彼女の傷ついた心をこすった。「そうは思っていない」

「だったら、なぜそんなことを言うの？　わたしがどんな気持ちであなたとベッドをともにしたかわかる？　もう自力では解決できないから、体を売って取り入ろうとした。そんなふうに思っているの？」

「じゃあ、教えてくれ。なぜぼくとベッドをともにしたんだ？」

この人は潮時というものを知らない！　ナターシャはあきれ、深く息を吸った。「あなたに求められたうえに、わたしにもあなたを求める気持ちがあったからよ」

そのとおりだ。きみは最初に唇が触れ合った瞬間から理性を失った。そうじゃないのか？　そうききたかったが、さすがのレオも控えた。

「あなたは欲しいものを手に入れた」彼女は涙声で言い、なおも皮肉った。「わたしはあなたに感謝しているわ。あなたはわたしに、喜びを教えてくれた……。本当にありがとう」

「実に光栄だね」レオはそっけなく言った。「話を元に戻そう。ぼくの顔もきみの顔も立てる方法がひとつある」

「な、何？」ナターシャは思わず尋ねた。

レオは低い声で冷笑した。「結婚さ」別の新聞を取りあげ、他紙の上に置く。今度はタブロイド紙ではなくイギリスの高級経済紙だ。すでに目当てのページが開かれている。そこには二人の結婚の記事が報じられていた。

〝明日の経済紙にぼくたちが結婚するという記事が載る〟

昨夜のレオの言葉を思い出すと、ナターシャは唇を引き結んで座り直し、記事に目を通した。

「パーティのディナーの席で結婚を宣言したとき、ぼくの勘は最高に冴《さ》えていた。それがわかって実に爽快《そうかい》だよ」

「結婚しようがしまいが、財産目当てのふしだらな女というわたしの印象は変わらないわ」

「人は誰しも情熱的なロマンスを好む。結婚するかぎり、ぼくたちは守られる。互いの存在なしでは生きていけないことを示せば、不審に思う人間も納得するものだ。もちろん、きみには結婚前に、ぼくの弁護士が作成した契約書に署名してもらう。あらゆる条項に同意したうえでね」

ナターシャはレオの言葉に報復のにおいをかぎ取った。暴露本を書くと脅したからだ。

「あなたはきのうのパーティのとき、このタブロイド紙の記事のことを知っていたの？」

ナターシャは思い出したようにきいた。

予想外の質問に一瞬驚いたものの、レオは慎重に答えた。「ああ。偶然耳にした」

つまり、レオは事をスムーズに運ぶため、記事を逆手にとって結婚宣言をしたのだ。

「ずる賢さの点で、あなたとシンディはいい勝負ね」ナターシャは嫌悪に満ちた声で非難した。「もしあなたたち二人が組んだら、周囲は皆お手上げだわ。シンディとあなたはさぞ馬が合うわね！」

「ちょっと待て。何を言いだすんだ？　彼女はぼくのタイプではない。ぼくのタイプはきみだ」

隠し事に気づかないお人よしのほうが扱いやすいから？　ナターシャは背中を走る冷たい震えを止められなかった。「あなたとわたしの結婚なんて永遠にありえないわ！」

「ぼくはきみと結婚する。そう言っただろう？」

「リコとの結婚にはしだいにその気になったわ」ナターシャは口もとをゆがめて言い返した。「少なくとも彼には卑劣な性格を埋め合わせるだけの魅力があったもの。それに比べてあなたは――」

「本気でそう思うのか？」レオはいきなり立ちあがり、彼女を見下ろした。ナターシャは悲鳴をあげ、レオの燃えるような瞳を見つめた。同じ表情を前にも見たことがあった。〝あなたはリコに嫉妬《しっと》している〟と責めたときだ。

「ほんの冗談よ！」ナターシャは叫んだ。

レオがナターシャの腰をつかみ、椅子から引きはがす。彼女はレオの胸に体を押しつけられ、今にも息が止まりそうだった。

次の瞬間、ナターシャはレオと目線が同じになるまで持ちあげられた。「ほ、ほんの冗談よ、レオ」慌てて繰り返し、腕を彼の肩に置く。そこしか置き場がなかった。

レオは荒々しい目つきで彼女をにらみ、ガラス戸のほうへ歩きだし、室内に入った。そして無言でナターシャを乱暴にベッドに転がすや、彼女の、続いて自分のバスローブの前をはだけ、体を合わせた。レオの唇が彼女の唇を覆う。その瞬間、二人の熱い肌は溶けてひとつになった。ナターシャは刺激的なキスに溺《おぼ》れ、脚をたくましい腰にからませて彼を求めた。

レオは彼女を深く満たした。レオは彼女から視線をそらさずに動き、ナターシャは頭を上げて彼の唇をとらえた。

経験の少ないナターシャは、体の震えがクライマックスの予兆であることを知らなかった。腕の中にいる男性がじきに震え始めることも……。

レオは彼女に覆いかぶさり、汗で湿った喉のくぼみに顔をうずめた。ナターシャの心臓は激しく打ち、かろうじて呼吸ができる程度だった。レオの荒々しさに圧倒され、彼女はただ呆然《ぼうぜん》と横たわっていた。まだ全身が震えていて、レオの体からも同じ震えが伝わってくる。二人の四肢はからまり、白いタオル地のバスローブが繭のように二人を包んでいた。

ようやくレオがナターシャに顔を寄せて目を見交わしたとき、彼の瞳が放つ力強い光にナターシャはいっそう息苦しさを覚えた。

「乱暴にしてしまい、すまない」レオはつぶやいた。

「いいえ」ナターシャは彼の口もとに手をあてがった。「言わないで。とても……よかったわ」そして手を離し、代わりに温かい唇で彼の口をふさいだ。

ひとつのキスは次のキスを生み、いつの間にかバスローブは消え去った。たとえ激しい怒りで始まった営みであっても、刺激の波は深くゆっくりと五感に達し、息をのむほど強烈な喜びがわき起こった。レオはまだ残っていた彼女の恥じらいをいっさい無視し、体の隅々までキスを浴びせた。ナターシャもまたレオの名をささやきながら、彼の肌に手と唇で刻印を押した。

夢のような時間を共有したあと、二人はバスルームに入った。レオはシャワーのスイッチの使い方を教えてからナターシャに石鹸《せっけん》を持たせ、自分は白いタイルに寄りかかって目を閉じた。その顔からはいつもの尊大さが消えていた。

ナターシャは二人の関係に決定的な変化が生じたのを感じたが、それが何かはわからなかった。

彼女はレオに近づき、たくましい胸の先にある乳首にそっと唇を寄せた。強烈な愛の交わりのどこかで、二人はともにガードを解いたのだ。

しばらくして、レオはビジネススーツを身につけ、仕事に出かけた。ナターシャは乱れたベッドに戻り、レオが寝ていた枕《まくら》に向かってささやいた。

「愛しているわ、レオ」

まさかこんな展開になるとは、ナターシャは思いもしなかった。これからどうするつもり？　ナターシャはいぶかりつつ、また眠った。

その夜、レオは再び彼女をディナーに連れだした。体にぴったり張りついた黒のドレスを着たナターシャを見ると、レオは無意識のうちに鼻の頭の傷を撫《な》でた。彼が傷跡をさわるときは、何かおもしろくないことがあるときだ。どうやら、このドレスが気に入らないらしい。

しかし、レオは何も言わなかった。ナターシャが鏡の前で髪をアップにし、首筋と肩をあらわにしたときも。彼は、黒いTシャツの上に深い色のカジュアルスーツを合わせていた。胸板の厚さが際立ち、ナターシャは思わず見とれた。

二人が向かったのは、郊外の丘の上にある小さな高級レストランだった。観光客の来ない閑静な店だ。二人は蝋燭《ろうそく》がともるテーブルで食事をし、よく冷えた白ワインを飲んだ。ナターシャが動くたび、向かいに座ったレオの目が胸もとを追った。彼の熱い視線を浴びるのは快感だった。レオは心の中でわたしと愛し合っている。ナターシャの胸は、幸せとせつなさでいっぱいだった。わたしのかすれた声や態度から、この思いにレオは気づいているに違いない、と彼女は思った。

愛の自覚はナターシャにさらなる魅力を与え、レオはすっかり引きつけられていた。何気ない会話や陰りを帯びたブルーの目、どこで学んだのかわからない、誘うようなまなざしで、ナターシャはレオの視線をとらえて放さなかった。

二人だけの世界に浸っていたナターシャは、レオの知人たちがテーブルに来たことに気づかず、少し驚いてからほほ笑んだ。祝福の言葉を述べながら、彼らは好奇の目でナターシャを見た。レオは彼らと話す間、つねにテーブルの上で彼女の手を握り、一方ナターシャは指を動かして彼の気を引いた。

この美しい女性は新たな自分を目覚めさせた。ぼくひとりのために。レオの胸に喜びがこみあげた。周囲の者には、以前と同じく控えめで礼儀正しい。リコは、どれだけ多くの楽しみを味わい損ねたことか。

リコ……。ナターシャは、リコのことをよく考えるのだろうか？　本当はリコと一緒にここに座っていたかったのか？　今も、目の前にいるのがリコだったらいいのに、と思っているのでは？

そんな考えが唐突に脳裏をよぎり、レオは立ちあがって彼女の腕を引っ張った。「行こう」彼はナターシャと今すぐベッドで愛し合いたかった。

「どうしたの？」ラスマスの運転で坂道を下る途中、ナターシャは尋ねた。

レオは彼女を見もせず、隣で手と脚を投げだして座っていた。全身からただならぬ気配が伝わってくる。「きみはぼくと結婚するんだ。好むと好まざるとにかかわらず」

沈黙が垂れこめ、レオの緊張がつのった。いつもと違い、ナターシャはなんの反応も示さない。

「聞こえたのか？」レオはさっと横を向いた。ナターシャはまっすぐ前を見つめている。その表情はとても穏やかだ。そして、柔らかな唇が、思わずふるいつきたくなるような官能的なラインを描いていた。

「ええ」ナターシャはうなずいた。

「だったら答えろ」レオはいまいましげに言った。

「質問だと思わなかったから」ナターシャは涼しい顔で答えた。「一方的な宣言に聞こえたけれど？」

「司祭の前でも、誓いの言葉は要求されるぞ」

確かにそうだ。ナターシャは困惑した。昨夜レオは友人たちの前で衝撃的な宣言をし、けさはタブロイド紙を挑戦的に投げつけ、結婚前の契約の話を持ちだした。そうかと思うと、そのあとでわたしをベッドに運び、体の隅々まで愛した。そして今また、結婚の最終通告を突きつける横暴きわまりないレオが戻ってきた。

「ぼくを見ろ、ナターシャ」

ナターシャはしかたなくレオのほうに顔を向けた。彼女は自身が発見した感情に溺れそうだった。彼のすべてが急に大切に思え、どうしていいかわからない。こんな気持ちは生まれて初めてだった。

「ぼくと結婚してくれ」レオは穏やかに言った。

「あなたの顔を立てるために？」

「違う」彼は否定した。「結婚してほしいからだ」

ナターシャはレオの目をじっと見た。真剣さが伝わってきて、彼女はかすかな希望をいだいた。

「わかったわ、いいわよ」

わかったわ、いいわよ。レオはその言葉を、もどかしい思いで受け入れた。ようやくベッドで二人きりになったとき、レオはもどかしさをぶつけるように、彼女を激しく愛した。ナターシャも夢中で彼にこたえた。彼女の中にはもう、レオへの反抗心は残っていなかった。

もしこれが真実の愛だったら。そう考えると、ナターシャは頭がおかしくなりそうだった。彼に対する愛情と、刺激的なセックスを求める気持ちは、どちらも同じくらい強かったからだ。

レオは結婚までの二週間、ナターシャを自分のそばから片時も放そうとしなかった。どこへ行くにも彼女を伴い、ときにはオフィスにも同行させた。

二人が四六時中、一緒にいることは、またたく間に知れ渡り、アテネのゴシップ紙におもしろおかしく報じられた。ナターシャとリコの婚約が再びクローズアップされ、彼女にはまた、〝金持ちに乗り換えた計算高い女性〟というレッテルが貼《は》られた。

〝気になるかい？〟ある新聞がとりわけ彼女を誹謗《ひぼう》したとき、レオは尋ねた。

〝それをききたいのは、わたしのほうだわ。だってあなたの評価も、わたしに劣らず悪くなるのよ〟

〝なぜぼくが気にする？　きみはリコを捨て、今ぼくとここにいる。そして、ぼくはリコよりずっと裕福だ〟

さすがはレオだ、とナターシャは納得した。レオの言うことはもっともだった。

リコからはなんの連絡もなかった。新聞でリコの写真を見たが、誰も彼の居場所を突き止められず、婚約破棄についてのコメントはまったく掲載されていない。リコはまるで地球上から消えてしまったようだった。

二週間後、ナターシャはレオとともにクリスタキス社の専用ジェット機に乗りこみ、厳重な警戒態勢が敷かれた秘密の場所で、ひっそりと結婚式を挙げた。ストラップレスの白いドレスを着たナターシャは美しかった。ドレスは、レオの要望でペルセフォネが見立てたものだった。二人並んで誓いの言葉を述べたとき、レオの表情は真剣そのもので、ナターシャは心を揺さぶられた。

結婚の記事は翌日の新聞に載った。そのころ二人は、ハネムーンをかねてニューヨークにいた。レオが海外出張にナターシャを同行させたのだ。彼は取り引き相手に、昼は強靭《きょうじん》で非情なビジネスマン、夜は人当たりのよい洗練されたビジネスマンを演じた。ナターシャは彼の隣でビジネスの駆け引きを学び、ベッドの上では、どの国にいようが飽くことのない彼の情熱的な欲望を受け止めた。

ニューヨークから香港《ホンコン》、東京、シドニーへと飛び、アテネに戻ったときにはさらに二週間が過ぎていた。もう以前のナターシャではなかった。この二週間で迷いは吹っ切れ、彼女は見違えるような強い女性に変わっていた。そして、レオと結婚することになったそもその理由を忘れることにした。

アテネの空港内の売店でイギリスの新聞を見かけ、ナターシャははっとした。シンディの写真が大きく掲載されている。初のヒットチャート一位獲得をたたえ、どの雑誌も彼女の名前や写真を、大きく扱っていた。

「念願がかなったんだな」レオは冷ややかに言った。

「そうね」

写真のシンディの顔つきは、ずいぶん変わったように見えた。以前より若く美しく見え、不機嫌やいらだちはみじんもうかがえない。シンディは新しい仮面を身につけたのだ。それがうわべだけかどうかはどうでもいい。ナターシャにとってシンディはもう過去の人間だった。

　屋敷に着くと、ロンドンに置き去りにしてきた状況を思い出させるものがもうひとつ目についた。留守中に届いた一枚の祝福カードだった。ナターシャひとりに宛《あ》てたもので、筆跡に見覚えがある。封を切ると、銀色の鐘と簡単な祝福の言葉が印刷されたごく一般的なグリーティングカードが入っていて、母親の字で短いメッセージが添えられていた。

〝どうぞお幸せに〟それだけだ。そのそっけなさは、親から娘へ宛てた結婚祝いの手紙とは思えない。

「ご両親はおそらく、きみを大事にしてこなかったことに負い目を感じているのだろう。だから祝福の気持ちをどう表現したらいいかわからないんだ」レオは穏やかに言った。

「そうね。それに、自分たちの二十四年前の過ちに終止符を打てて、ほっとしているんだと思うわ」ナターシャは封筒の筆跡を改めて眺めた。「どうしてここの住所がわかったのかしら？」

「アンジェリーナから聞いたんだろう。彼女ときみの両親は連絡をとり合っていたから」

　ナターシャは顔を上げてレオを見た。「父と母はこの騒ぎを知っていたのね。なぜわたしに教えてくれなかったの？」

「話す必要がどこにあるんだ？」レオは肩をすくめた。「商魂たくましいシンディはマスコミを使ってリコを物笑いの種にした。だから、リコが自暴自棄になってシンディの正体を暴露する恐れがあった。双方の親はそれを防ぎたかったのさ」

「シンディがリコに話を持ちかけたの？」

「どちらが最初に持ちかけたにしろ、シンディとリコの双方の利害が一致したんだ」

レオはそれ以上、ナターシャに質問させなかった。彼女はカードを封筒に戻した。

一週間が過ぎ、レオは世界旅行の最中に手をつけた大規模な事業に忙殺されていた。アテネに戻ってからはそれのみに集中し、帰宅しない日もあった。打ち合わせなどで海外出張もあったからだ。

ナターシャは出張への同行を求められなかったが、不安はなかった。彼女は彼女で考えることがあった。今着ているデザイナーズ・ブランドの高価な服は、レオのお金で買ったものだ。しかし、普段着や化粧品など、自分で購入したものもある。ナターシャの所持金は底をつきかけていて、仕事を探す必要があった。

職種はなんでもいい。選《え》り好《ごの》みはしないが、ギリシア語がまったく話せないから、一般の事務職はまず無理だった。そして考えついたのが、観光名所のみやげ店など、イギリス人でも雇ってくれる店を探すことだった。

レオはすぐさま彼女の行動に気づき、ナターシャをたしなめた。彼は観光客向けの店で働く仕事を頭ごなしに禁じ、それほど金が欲しいのなら小遣いを増やすと言った。

「あなたにはもう充分な借りがあるわ！　わたしの気持ちがわからないの？」

数週間ぶりの大げんかだった。レオは冷ややかな目で彼女を見つめ、背を向けて部屋を出ていった。ナターシャは何か大切なものを壊してしまった気がした。しかし、事実は事実だ。直視しなければならない。リコとの結婚式を予定していた日まであと一週間。一週間たてば、銀行口座に凍結されているお金に手をつけられる。

二人の冷戦状態は数日間にわたって続いた。もっともレオは相変わらず忙しく、ほとんど家にいなかった。ナターシャはレオの言いなりにはならないと固く決意し、彼のボディガードがついてくることを承知で、観光客向けの店をまわって仕事を探した。

しかし、なかなか見つからず、暑さと疲労にうんざりしながら、ナターシャは一軒の店を出た。すると、レオの元妻、ジャンナが目の前に立ちはだかった。どうしてわたしがここにいることを知ったのだろう？　ナターシャは恐怖に駆られ、気づかないふりをして横を通り抜けようとすると、ジャンナの指先の長い爪が腕に食いこんだ。襲いかかろうとして待っていたとしか思えなかった。

「話があるの」ジャンナは甲高い声で言った。

「わたしはないわ」ナターシャはジャンナの手を振り払おうと試みたが、爪がますます深く食いこんで動くに動けなかった。

「レオはわたしのものよ！　その指輪、まんまと彼からせしめたと思っているんでしょうが、とんだ勘違いだわ。あなた、金髪のクールな外見でわたしに対抗しているつもりのようだけれど、レオは今までもこれからも、ずっとわたしのものよ！」

「誰もそんなふうに思っていないわ」憎悪のこもった相手の口調に決してひるむまいとナターシャは踏ん張った。「確かに、わたしは彼からもらった指輪をはめているし、彼とベッドをともにしているわ。でも、彼の友人を取っ替え引っ替えベッドに誘ったりはしないの！」

ナターシャは、自分の発言に驚いた。ジャンナはヒステリックに笑うと、ナターシャの腕に食いこんだ爪を引き抜いた。今度は殴りかかってくるかもしれないと思い、ナターシャは少しあとずさった。視界にボディガードの姿をとらえる。

「ばかね。あなたと一緒にいないとき、彼がどこで夜を過ごしているか知っているの？」

ジャンナは唇をさらにゆがめ、挑むように言った。

「心配ご無用よ」ナターシャは取り合わず、ジャンナを哀れみの目で見すえた。「あなた、病院で治療してもらったら？　そのほうがいいわ」ナターシャはさらにあとずさり、人ごみに紛れた。頭に血がのぼり、爪跡が残る腕をさする気も起こらなかった。

帰宅すると、レオが待っていた。険しい顔つきで、ナターシャの腕をつかみ、白い肌に刻まれた三日月形の赤い傷を念入りに調べた。

「どうしてわかったの？」レオの指先が優しく傷を撫でるのを見て、ナターシャは尋ねた。

「それが重要なことか？」

「いいえ」ナターシャはボディガードのことを思い出した。「彼女は明らかに精神を病んでいる。同情するわ」

「やめておけ。ジャンナを哀れむのは危険だ」

「ご忠告ありがとう」ナターシャはつかまれていた腕を引っ張った。「死ぬほどの傷じゃないってわかったでしょう？　もう仕事に戻って」

レオはその口調になつかしい響きを感じ、一歩下がって彼女を見た。以前のナターシャは永遠に消えたと思っていたが、今の彼女はいかにもミス・クールだった。

レオはため息をついた。この一週間はひどい毎日だった。今回の買収計画は何度か頓挫《とんざ》しかけ、あちこち飛びまわってフォローしなければならなかった。とはいえ、こうした逆境を力に変え、征服本能を燃やすのが彼の流儀だった。

今、ナターシャにけんもほろろにはねつけられ、レオの征服本能に火がつこうとしていた。

「もっと口論したいのか？」レオは静かに尋ねた。

「いいえ」ナターシャは彼に背を向けた。

「では、一緒にベッドに行って午後を過ごし、今夜ぼくがパリに行くのを引き止めたいか？」

「パリ？」ナターシャは振り返った。「きのうパリから戻ってきたばかりじゃない」

「また今夜、行かなければならないんだ」レオは優雅に肩をすくめてナターシャの返事を待った。

ナターシャは胸の前で腕を組んだ。「じゃあ、その荷造りでいったん帰宅したの？」

癪《しゃく》に障る言い方だったが、レオは気にならなかった。彼女の身ぶりで心を読めたし、胸の前で腕を組んでもなんの防御にもならないからだ。「もっと別のことを考えている」

レオはそっと忍び寄る猫のように、二人の距離を縮めた。「今、シャンパンのボトルを氷で冷やしている。グラスは用意していないが、斬新《ざんしん》な楽しみ方がいくつかあるんだ。もしきみに興味があれば……」

ナターシャはこらえきれずに笑った。「あなたという人はわたしを驚かせて楽しむのね」

「きみは驚かされるのが好きだろう？」レオは彼女の手首をつかんでガードを解かせた。

「驚いたときのきみはたやすく屈する。ほら……」

レオの言うとおりだった。ナターシャは唇を奪われ、ベッドに運ばれた。彼女もレオが欲しかった。

彼の腕の中でナターシャは考えを巡らした。毒だらけのジャンナの言葉を浴びてしまった今、おとなしくしてはいられない。ほかの女性に目を向ける必要がないほどレオを満足させてから、パリに送りだすわ。

二人は午後いっぱい、寝室で過ごした。出発時刻が迫っても、レオは行きたくなさそうだった。

「頼みがある。明日の職探しは休みにしてもらえないか?」

口をとがらせたナターシャを、レオはキスでなだめた。

「頼むよ」彼は唇をそっと離して言った。

「理由次第ね」ナターシャは髭《ひげ》がきれいに剃《そ》られた彼の顔を指先で撫でた。

明日はきみとリコが結婚するはずだった日だ、と彼女に思い出させるのか?、レオは自問した。いや、ぼくが何より避けたいのは、このベッドで彼女にリコのことを考えさせることだ。

「サプライズ・プレゼントを持って、昼食までにパリから帰ってくる……」顔を愛撫《あいぶ》する彼女の指を握り、レオは唇を重ねた。「ただし、きみがここでぼくを待っていることが条件だ」

「そういうことね」ナターシャは笑った。「脅しのほうがはるかにあなたらしいわ。だったら、楽しい驚きにしてね」

レオはほほ笑んで起きあがり、スーツに身を包んだ。それでも、彼の視線は名残惜しそうにベッドのナターシャに注がれている。彼女は髪を乱し、口もとをキスで赤く染め、妖《よう》婦《ふ》のように横たわっていた。

「ぼくはどこできみを淑女だと誤解したのかな?」レオはからかい、クリーム色の丸い胸や白い腿に視線を這《は》わせた。

レオは再び強い欲望に駆られ、彼女の脚の付け根にキスをした。たちまちナターシャが喜びに身を震わせる。

「明日、会おう」レオはつぶやき、決心がくじける前に部屋を出た。明日帰宅すれば、またナターシャと一緒に過ごせる。

その夜、レオがいない寂しさに、ナターシャはなかなか眠れなかった。翌朝は寝不足で頭痛がした。職探しは休もう。レオも喜ぶに違いない。ナターシャはほほ笑んだ。

ひとりでゆっくり朝食をとっているとき、携帯電話が鳴った。レオだと思い、相手を確かめずに出たナターシャの鼓膜を揺るがせたのは、妹のシンディの声だった。

9

「なんの用?」ナターシャは冷ややかに尋ねた。

「まだこの番号を使っているかどうか確信がなかったわ」シンディはほっとしたように、小さなため息をついた。

ナターシャは何も言わず、オレンジジュースのグラスについた水滴を撫《な》でる自分の指先を見つめた。

「わかったわ。わたしと話したくないのね」シンディがじれったそうに言った。「でも、こっちには話があるの。パパとママのことよ」

ナターシャの指が止まった。「二人に何かあったの?」

「何もないわ……いいえ、大ありよ」シンディは長い息を吐いた。「わたし、今アテネにいるの。けさ飛んできたのよ。ここに来ることは誰にも知らせていないわ。午後にはロンドンに帰らなくてはいけないの。いなくなったことを会社の人に気づかれると大変だから。会って話せない? 信じて。大事な話なの。でなかったら、わざわざアテネにまで来たりしないわ」

パパとママのこと……。シンディの声は相変わらず横柄だったが、両親への思いがナターシャの胸を締めつけた。「わかったわ。レオの屋敷まで来てくれたら――」

「だめ」シンディはとっさに口を挟んだ。「レオには会いたくないの。彼の前だとびくびくしちゃう」

「今ならレオはいないわよ」

「それでも危険は冒したくないわ。わたし、空港でリムジンを頼んだの。だから、どこか適当な場所を指定して。運転手に連れていってもらうから」

今日はレオの帰りを待っている約束だ。ナターシャは腕時計をちらりと見て、コロナキ広場にあるカフェの名を告げた。ドライバーと相談するような声が聞こえたあとで、シンディは言った。

「いいわ。一時間後には着けそうよ」


ナターシャは木陰にあるカフェのテーブルについてシンディを待った。あの身勝手な妹が、なぜイギリスからはるばる両親のことを話し合いに来たのだろう？　電話で話すほうがはるかに楽だし、短時間ですむのに、と彼女は不思議に思っていた。

そのとき、シルバーのリムジンが広場の端に止まり、中からひとりの男性が降り立った。

リコだった。

　だまされた！　ナターシャは反射的に立ちあがり、その場を去ろうとした。しかし、リコがサングラス越しに周囲を見まわし、彼女とボディガードのラスマスに気づいたのを見て、ナターシャは好奇心から思わず足を止めた。

　リコはデザイナーズ・ブランドのカジュアルな淡い色のスーツに白いTシャツを合わせている。相変わらずおしゃれだ。黒髪が日差しを浴びてシルクのように輝き、リコが歩きだすと、近くにいる女性は皆、振り返って彼を見た。幼い女の子や老婦人の目まで引きつけている。

　それがリコだ、とナターシャは思った。彼女もまた、その抜群の容姿と特別なオーラの犠牲者だった。彼のあらがいがたい魅力の前では、女性は無力だ。しかし、今のナターシャは違う。リコの姿をとらえた彼女の目は赤の他人を見ているようだった。

　リコが彼女のテーブルにやってきた。ナターシャは再び椅子に座り、彼が腰を下ろすのを待った。

「まだぼくを恨んでいるのかい、いとしい人《カーラ》？」リコは物憂げに言った。

「シンディは来ないの？」

「ああ」リコは椅子の背にもたれ、ナターシャの背後で携帯電話に向かってギリシア語で話しているラスマスを一瞥《いちべつ》した。

「わたしを罠《わな》にはめてまで言いたかったことは何かしら？　五分だけ時間をあげるわ」

リコはサングラスを外し、目に奇妙な表情を浮かべた。「まるで別人だ。ドレスがよく似合う」

「ありがとう」ナターシャは少しもうれしくなかった。着ているのは地味な茶褐色のワンピースで、手当たり次第に選んだものだった。

「まず、ぼくはきみに――」

「要点を手短に言って。レオが車を三台連ねて現れるのを目にしたくないのなら」

リコは顔をしかめ、ジャケットの内ポケットから折りたたんだ書類を取りだした。

「これにサインをしてくれたら、すぐに退散する」

リコは書類を彼女の前に置き、続いてペンを置いた。ナターシャはちらりと見ただけで、なんの書類かを理解した。

「なぜサインが必要なのか説明してくれる？」

リコは広い肩をすくめた。「その金はきみのものではないからだ。やっと手がつけられるようになった今、ぼくはそれを取り返したい」

リコは、金の出どころをわたしが知っているとは夢にも思っていないらしい。なぜレオがリコに話さなかったのか、ナターシャにはわからなかった。そして、次に自分がどういう行動をとるべきかも判断しかねた。

ナターシャは止めてあるリコのリムジンに視線を走らせた。色つきガラスなので中は見えない。「シンディを脅したの？　あなたとのかかわりをマスコミに暴露するとでも言ったんでしょう？」

「きみの妹はレコード会社と契約を結び、大ヒットを飛ばした。ぼくは婚約者を義理の兄にとられ、世間の笑いものになった。不公平じゃないか？」

「わたしは本当の意味で、あなたのものではなかったわ」

リコはナターシャの言葉を無視して続けた。「ぼくは問答無用で会社から追い払われ、社交の集まりからも招待されなくなった。母にさえ嫌われる始末だ。ぼくはすべてを失ったよ。それに引き替え、今のきみは輝いている。レオは自分にふさわしい女性を好むからな。しかし、幸せそうだね、淫乱《いんらん》な元妻とレオを共有しているにしては」優美な手でナターシャの前に携帯電話を置く。「これを見ろ」

ナターシャはまつげを震わせ、テーブルに置かれた携帯電話に視線を落とした。背中に冷たいものが走り、心臓が凍りついた。リコがたわむれに画面を見るよう勧めたわけでないことはわかっていた。さもなければ、ジャンナの話題を持ちだすはずがない。

ナターシャは震える手で携帯電話を取り、キーを押した。画面が明るくなり、レオと、彼にもたれかかるジャンナの姿がはっきりと浮かびあがった。二人はホテルらしき建物の前に立っていた。

〝ねえ、レオ、いいでしょう？　彼女にはばれないわよ〟

フルカラーの画像の中でレオがほほ笑み、ジャンナの美しい真っ赤な唇を指でなぞる。

〝わかった〟彼はキスをした。〝一緒に入ろう〟

二人が建物に入ったところで画像は止まった。

「パリだよ」

ナターシャの知りたかったことがリコの口からほとばしった。

「正確には昨夜だ。日付と時間を確認するといい」リコは画面を指した。「ぼくは二時間あまりぶらついて、レオが出てくるのを待ったが、出てこなかった。きみは二人が中で何をしていたと思う？」

ナターシャの脳裏に別の映像が浮かんだ。リコのオフィスの入口で見せつけられた裏切りの光景……。

彼女は無言で携帯電話を置き、ペンをつかんで書類にサインをすると、立ちあがって歩き去った。

ナターシャの心は激しく揺れた。リコとも、レオとも、二度と会いたくなかった。ラスマスはリコの横でいったん立ち止まったあと、脇目《わきめ》もふらずに歩くナターシャを追いかけた。

レオが帰宅したのは、ナターシャが荷造りをしている最中だった。レオはグレイのスーツ姿で、弾丸のように寝室へ飛びこんできた。

「いったいリコと何をしていたんだ?」

彼女は返事をせず、旅行鞄《かばん》に視線を戻した。

「きみに質問しているんだ。答えろ!」レオは近づき、ナターシャの腕をつかんで振り向かせた。そのとき初めて彼女が荷造りをしていることに気づき、冷たい怒りがわきあがった。「もしあいつのためにここを出ていくのなら、もう一度よく考えろ!」

ナターシャは薄笑いを浮かべた。

その笑みに、レオは衝撃を受けた。彼女の腕を放し、ふらふらとあとずさる。「きみがこんな仕打ちをするなんて信じられない……」

「なぜ信じられないの?」ナターシャはようやく口を開いた。レオの激しい動揺は彼女をも震わせた。だが、彼とジャンナについて知った事実は絶対に言うまいと固く誓っていた。レオのプライドがずたずたになればそれでいい。

「きみはあいつに金を渡す書類にサインをした」

「そうよ」ナターシャは平然と答えた。「警察に通報する?」

レオの肩がこわばった。「きみはぼくの妻だ」

「あなたがそう言うのなら、そうでしょうね」

「いったい何が言いたいんだ?」

「わたしたちの結婚は脅迫から始まり、あなたはいとしいジャンナとの協調に慣れている。だから、妻の存在がそれほど重要だとは思えないわ」

「話をそらすな。ジャンナはこのことに関係ない」

「大いに関係あるわ！」ナターシャは叫び、深く息を吸って自制心を取り戻した。もう少しでレオにつかみかかるところだった。自分が今日、どれほど傷つけられたか、断じて知られたくなかった。「ジャンナが現れるまで、わたしはただの泥棒にすぎなかった。大事なお金を取り戻すまでの六週間、あなたに夜のお楽しみを提供するためだけに連れてこられた泥棒よ！　あなたはその楽しみを愚かな元妻に邪魔されたから、彼女を罰するために結婚を持ちだしたんだわ！」

「違う」

「違わないわ。ロンドンを発《た》つ前にあなたはそう言った。六週間ベッドで機嫌をとったら解放してくれるって！　さあ、六週間たったわ。お金にも手をつけられるようになった。わたしは行くわ」

ナターシャが鞄のほうに向き直るより早く、レオはすばやく鞄を取りあげて放《ほう》り投げた。抗議の声をかろうじてのみこんだナターシャを、レオは自分のほうに振り向かせた。彼女の腕をつかむレオの手は震え、全身の血が怒りにたぎっていた。ナターシャはこれほど取り乱した彼を見たのは初めてだった。

「リコのところに戻るのか?」

ナターシャはレオに氷のようなまなざしを向け、挑発した。「あの魔女とのことはすべて知っているのよ」

〝魔女〟が誰を指すか、レオはとっさに理解した。「ゆうべのパリのことを言っているんだな?」

なんて頭の回転の速い卑劣漢かしら! ナターシャは舌を巻いた。「レオ、あなたは冷酷で計算高い悪魔よ。おかげでリコが十倍よく見えるわ!」

「本気でそう思うのか?」

「わたしはリコのことをよくわかっているもの!」

「では、この悪魔に挨拶《あいさつ》をしてから行け」レオは乱暴に唇を重ねた。

怒りのキスはすべてを荒々しい情熱でのみこんだ。しかし、これは間違っている。ナターシャはあらがいたかったが、体が言うことを聞かない。細胞のすべてで彼を憎んでいるのに、触れられただけで体は松明《たいまつ》のように燃えあがる。薄いドレスはなんの防御にもならない。レオの手で簡単に背中のファスナーが下ろされ、ドレスが床に滑り落ちた。

「放して!」

「これほどぼくを欲しがっているのに?」

レオはキスと愛撫《あいぶ》を続けた。彼女の感じやすい場所は知りつくしていた。服をはぎ取り、容赦なく欲望に駆りたてると、ナターシャはくぐもった声でうめいた。レオは彼女を抱きあげ、脚を自分の腰に巻きつけさせて、濃厚なキスをなおも続けた。

ほどなくナターシャはベッドに落とされた。レオは怒りと欲望に燃える強い視線で彼女をおとなしくさせ、彼女を見下ろしたまま自分の服を脱ぎ始めた。上着、シャツ、靴……。最後の下着を脱いだレオは、彼女のすべてを支配する脅迫者さながらだった。ナターシャは焼けつくような興奮とぞくぞくする恐怖に包まれた。

「レオ、お願い……」ナターシャは懇願した。これ以上待たされると正気を失ってしまいそうだった。

「レオ、お願い……」レオは声色をまねてあざけった。「その声を聞いたぼくがどんな気分になるか、きみにはわかるまい」そう言うなり、レオはベッドに上がった。すると、ナターシャは自ら彼を迎え入れる体勢をとった。「あとでこのことを必ずリコに話せ」彼はくぐもった声でつぶやいた。

次の瞬間、喜びの苦悶《くもん》がナターシャを襲った。彼女は身をよじってあえぎ、すすり泣いた。レオは絶頂の一歩手前で彼女を押しとどめ、再び懇願するよう強いた。ナターシャが抗議すると覆いかぶさってキスをし、逃げようとすると手で腰を押さえつけた。レオはようやく、ひとつになる決心をした。

もどかしいほどにレオを求めていたナターシャは、貫かれた瞬間、魂が砕けるような感覚にむせび泣いた。レオが彼女の頭を持ちあげて唇をむさぼると、ナターシャは彼のうなじにしがみついた。性急なレオの動きで切羽つまった状態に追いこまれていなかったら、彼の目に宿る炎は恐ろしく見えただろう。

ついにレオは喜びの高みへとナターシャを導いた。激しい電気が体を駆け抜ける。レオも体をひとつ大きく震わせ、自らを解放した。めくるめく激しい時間はまたたく間に過ぎ、ナターシャは極度の疲労で動けなくなった。

だが、レオは違った。さげすむような声をあげてベッドから下りた。そして服を拾い集め、弱々しく震える彼女をひとり残し、部屋を出ていった。

ナターシャはしばらく横たわり、起こったことを受け入れようとした。この卑劣で野蛮な行為は、二人の関係の幕切れにふさわしい。ナターシャはいともたやすく餌食《えじき》になった自分を憎み、それを促した彼を嫌悪した。ようやく動けるようになると、彼女はベッドから下り、最初につかんだ服を着て、ギリシアに持ってきた自分の服だけを鞄に詰め直した。

数分後、ナターシャは屋敷の玄関を出た。タクシーを呼ぶ電話さえかけず外に出て、門に向かって私道を黙々と歩いた。守衛は黙って門を開け、彼女を公道に出した。

その様子を、レオは寝室の窓ガラスの前に立って見ていた。彼女は髪を整える時間も惜しむかのように出ていった。いくらか乱れたブロンドの髪に、ここに来た日に着ていた青いスーツ。レオは、小さくなっていくナターシャの後ろ姿を、じっと目で追った。喉が締めつけられ、胸に鋭い痛みが走って、息をするのもままならなかった。

窓から顔をそむけ、ベッドに目をやると、寝具の上に封筒がのっていることに気づいた。近づいて封筒の表を見ると、〝レオへ〟と走り書きされている。彼は不安に駆られて脚を震わせながら、封筒を手に取った。

ナターシャは流しのタクシーを拾い、一度も振り返ることなく空港へ向かった。タクシーのシートに落ち着いて初めて、自分が青いスーツを着ていることに気づいた。今のわたしにふさわしい衣装だわ。ナターシャは冷え冷えとした心で思った。自分の愚かさと、男性はみんな嘘《うそ》つきだということをいつでも思い出せるよう、このスーツはガラスケースに入れて保存するべきかもしれない。

空港は混雑していた。イギリス行きの便が満席とわかったとたん、ここまで一気に彼女を運ぶ原動力となった興奮物質《アドレナリン》の勢いが衰え始めた。

「あいにく明後日まで空席はございません。キャンセル待ちとなります」予約係が告げた。

「ほ、ほかの空港行きの便はどうかしら？」ナターシャの声が震える。ヒステリックな声が今にも喉からもれそうだ。「マンチェスターかグラスゴーか。イギリスなら、どこでもかまわないわ」誰かがロンドンでわたしを待っていてくれるわけではないもの。

寂しげにそう思ったとき、ナターシャの肩に誰かの手が置かれた。警官が捕まえに来たのだと思い、彼女は飛びあがった。彼のはずがない、彼のはずがないわ！　ナターシャの心が叫んだ。

「飛行機の予約は必要ない」

聞き慣れた低い声が言った。

10

レオの存在感と肩をつかむ力に圧倒され、ナターシャは震えだした。レオがその傍らで、興味津々の予約係に説明している。彼の無愛想なギリシア語に、ナターシャは断固たる決意を感じた。

そのとき、ラスマスが姿を現し、ナターシャの旅行鞄《かばん》をつかんだ。

「やめて……」ナターシャはラスマスを止めようとした。「わたしは行かない――」

「騒ぐな」レオは穏やかに言った。「マスコミが見張っている」

ナターシャはいきなり彼のボディガードたちに取り囲まれ、せきたてられるようにして空港内を歩かされた。どこへ向かっているのかわからない。隣ではレオが彼女の腕をがっちりとつかんでいた。

ゲートが自動的に開くと、目の前に滑走路が延びていた。その一画にはヘリコプターらしきものがちらりと見え、プロペラがまわっている。

ナターシャはパニックに襲われた。「どんな乗り物にも、あなたとは一緒に乗らないわ!」

レオの手を振りほどこうとすると、ナターシャを囲むボディガードたちの輪が小さくなった。レオは彼女を抱きあげ、死の危険をも顧みない勇者のように、飛び立たんばかりのヘリコプターに近づいた。

ナターシャは恐怖のあまり彼の肩に顔を押しつけ、座席に下ろされるまで顔を上げなかった。レオの手が離れた瞬間、ナターシャは彼に向かって拳《こぶし》を振りあげた。

レオは彼女を座席に固定する間、自分の体をかすめる拳に気づかないふりをした。

「大嫌い。あなたなんか大嫌い!」ナターシャは叫び続けた。

「悪態はあとにとっておけ」

彼の表情はかなり険しく、ナターシャはうろたえた。「どうしてこんなことをするの?」

レオは答える代わりにヘリコプターから離れ、屈強な六人の男たちにヘリコプターに乗りこむよう指示した。黒いスーツを着た男たちが彼女の前後の座席にすみやかに座る。ナターシャは恐ろしくなった。レオはわたしをどこかへ追いやり、この男たちに懲らしめさせようとしているのではないかしら? ナターシャはさらに声を張りあげた。

「レオ、お願い、わたしを置いていかないで!」

レオはすでに背を向けていた。ナターシャの叫びに彼は肩をこわばらせたが、振り返らなかった。そして機体の周囲をまわり、黙ってパイロットの隣の席に乗りこむ。ヘリコプターはたちまち上昇し、青く輝くエーゲ海に向かって飛んだ。

ナターシャは目を閉じ、なんとか落ち着こうと努めた。レオも一緒よ、と彼女は必死になって自分に言い聞かせた。少なくとも彼は、この恐ろしげな男たちの中にわたしを置き去りにはしなかった！

レオは操縦席の上部についたバックミラーでちらりとナターシャの様子をうかがった。目は固く閉じられ、唇は半開きで震えている。顔色は真っ青だ。そして、唯一の命綱であるかのように、膝の上でハンドバッグの肩ひもをぎゅっと握りしめている。青いスーツにハンドバッグ、青ざめた顔。どれも、ロンドンからさらってきたときとまったく同じだった。

違っているのは髪型だけだ。ブロンドの髪は下ろされ、美しい顔のまわりで波打っている。

かわいそうに。だが、今は救いようがない！　レオは自分に腹を立て、彼女から目をそらした。

パイロットが何か言ったが、レオは聞いていなかった。頭にはひとつの目的しかなく、それ以外のことが入りこむ余地はなかった。

さほど時間はかからなかった。夕日が海を、大地を、森を赤く染めるころ、ヘリコプターは目的地に着陸した。ナターシャはシートベルトを外そうともがいている。おそらくぼくは彼女を逃がしてやるべきだろう。彼女に害を及ぼさないと言いきれるだけの精神状態にないのだから。

見かねたラスマスが手を伸ばし、彼女のシートベルトを外した。ナターシャは自分の指を呆然《ぼうぜん》と見つめた。震えていて、まったく思いどおりに動かなかった。

ラスマスは無骨な彼にしては異例の優しさで、地上に降り立つ彼女に手を貸した。ナターシャがかぼそい声で礼を言うと、彼は申しわけなさそうな表情を浮かべた。

そのとたん、緊張の糸が切れ、熱い涙がこみあげてきて、ナターシャはラスマスに背を向けた。彼に涙を見られたくなかった。彼の後ろめたそうな顔を見るのも苦痛だった。

レオが機体の前方から現れた。ナターシャの目には、いかつい不機嫌な顔をした彼が見知らぬ男性に見えた。

不精髭《ひげ》が生えているわ。ナターシャはぼんやりと思った。それに、寝室の床から拾った服をまだ着ている。皺《しわ》が寄ってだらしない感じはいなめない。ナターシャは胃がよじれるような痛みを覚えた。

「行こうか」レオは妙に礼儀正しくナターシャに寄り添い、先に歩くよう促した。

どこへ行くの？　ナターシャはしかたなく前を歩きながらも、不安でたまらなかった。こんな気持ちにさせるレオを憎み、これほどの恐怖を味わわせた彼を嫌悪した。

高い塀に沿って歩いていくと、突然目の前に二階建ての屋敷が現れた。白壁が夕日に染まり、なんとも言えず美しい。出迎える使用人はいない。レオがナターシャの前に出て玄関のドアを開けた。それから二人は廊下を抜けて居間に入った。いつの間にか男たちの姿は消えていた。

「こ、この家は？」ナターシャはきかずにはいられなかった。手づくりの家具が並び、壁にはすばらしい美術品が飾られている。レオのほかの二軒の屋敷とは雰囲気がまったく違う。ロンドンの屋敷のような古めかしい重厚感や、アテネの屋敷のようなモダンな趣もない。ここにあるのは、素朴でさりげない高級感とでも形容すべきものだった。

「ぼくの島の中にある隠れ家だ」レオは答え、上着を脱いで椅子の背もたれにかけた。

彼の島の中にある隠れ家……。つまり、島を丸ごと所有しているの？　ナターシャは驚いたが、それきりだった。今後、レオの言動に感銘を受けることは二度とないだろう。頭の中では、レオにぶつけるべき質問が渦を巻いていた。

ドアのところに立ったまま、ナターシャはバッグを握りしめて顎を上げた。「それで、ここがわたしの新しい豪華な監獄というわけ？」

「いや」レオは居間を横切って飾り棚のほうへ行き、飲み物をついだ。

「だったら、わたしはいつでもここを出ていっていいのね？」

彼女のいやみを聞いて、レオの口もとがゆがんだ。「いや」同じ返事を繰り返す。

「だったら監獄と一緒よ」

レオはグラスを叩《たた》きつけるようにテーブルに置くと、彼女に歩み寄って腕に抱き、激しいキスをした。

彼の内側のどこか深い場所からわきだした純粋な感情がまっすぐナターシャの中に注ぎこまれ、彼女は大きく身を震わせた。唇が離れたとき、彼女は困惑した顔で彼を見つめるしかなかった。

レオは彼女に背を向けた。「すまない。こんなことをするつもりでは……」

ナターシャは現実離れした世界に迷いこんでしまったような錯覚にとらわれ、よろめくように手近な椅子に座りこんだ。「いったいここで何をしようというの？　わたしを空港から拉致《らち》し、ヘリコプターに押しこんで震えあがらせた。そのうえ見知らぬ場所に連れてきて、こんなキスをするなんて！」

レオは無言だった。振り返りもしない。拳を握りしめ、ズボンのポケットに突っこんだ。ナターシャはそのとき、レオの袖口《そでぐち》のボタンが留《と》まっていないことに気づいた。

「これ以上わたしから何が欲しいの、レオ？」ナターシャの声はかすれていた。

「何も」レオの広い肩が動いた。「これ以上きみから何かを奪おうとは思わない。ただきみを手放したくないだけだ」そう言ってレオは歩きだし、海に面したフレンチドアを開けて外に出ていった。

ナターシャはますます困惑した。レオの背中を見つめ、彼の心を理解できたらと願ったが、そのうちに怒りがわいてきた。レオのような男性の心なんて理解したくない。それより最後の言葉の意味が知りたい！　ナターシャは意を決して立ちあがり、彼のあとを追ってテラスに足を踏み入れた。目がくらむようなまぶしい夕日があたりを照らしている。レオは、テラスから見渡せる庭を、海に向かって歩いていた。

砂浜と庭とを隔てる低い塀のあたりまでナターシャが近づくと、レオは海辺に立ち、手をポケットに突っこんで海を眺めていた。

「いったいどうしたの、レオ？　なぜこんなまねをするの？　お金のことが原因なら――」

「金は欲しくない」

ナターシャは彼から少し離れたところで足を止めた。「だったら、封筒を見つけたのね？」レオがうなずくのを見て、彼女はため息をもらした。「だったら何が望みなの？」

途方に暮れて尋ねる。

レオは答えなかった。

ナターシャの目に涙がこみあげる。じきに彼はまた、わたしの自制心を失わせる。おそらくそれこそが彼の望みなのだろう。体が沈みこむような感覚を思い出した瞬間、ナターシャはその場に座りこんだ。

「あなたは傲慢《ごうまん》すぎるわ、レオ。あなたはすべてのものをあざ笑い、人の長所を見ようとしない。誰もがあの手この手で、自分から何かを奪おうとしていると思っているのよ。元妻は自分の体が目当て、わたしはお金が目当て、リコは自分になりたがっている、と。あなたは一度、貧乏で不器量な人間になってみればいいんだわ。そうしたら、誰にも相手にされないと安心し、幸せになれるから」

意外なことに、レオは笑った。とたんにナターシャの鼓動が速くなる。

「あなたは、自分の周囲にいる誰に対してもひねくれた疑いをいだき、それが事実と証明されたときが最高に楽しいのよ」

「今日の午後のことを言っているのか？」

ようやくレオが口を開いた。ナターシャは彼をにらみつけたが、涙にかすんで見えない。

「そうよ。あなたは今日、裏切った妻を見るために寝室にやってきた。そして、裏切り者としてわたしを扱ったわ」

「リコに金を渡す書類にきみがサインをしたと思ったんだ。あれは……かなりこたえた」

「本当にこたえたのなら、結論を出す前に適切な説明を求めたはずだわ」

レオが砂を踏みしめて近づいてくる。ナターシャは身構えた。

「サインしたのはなんの書類だ？」

「わたし名義の、からっぽの口座にアクセスできるようにする書類よ」彼女は肩をすくめた。「お金はきのう、わたし個人の別の口座に移したの。銀行の為替手形を、今日あなたに手渡すつもりだったわ。でも、わたしたちは脱線してしまって……」

最初はジャンナのせいで、次はリコのせいで。ナターシャはうつろな気分で思い出した。

ふと彼のほうから何かが飛んできて膝の上に落ち、ナターシャは目をしばたたいた。

「これは何？」白い封筒を手に取って尋ねる。

「見てみろ」

ナターシャはしばし見つめてから、封を開けた。中には彼女がサインした書類が入っていた。「どういうこと？」

「ラスマスがリコから奪ったんだ」レオはぶっきらぼうに答えた。「きみはぼく以上に信義を重んじる人間だ。リコから、ぼくとジャンナがパリで会っていた映像を見せられたのに、あいつの求める書類にサインをしなかったくらいだからな」

ナターシャはレオの裏切りについて触れたくなかった。実際、思い出しただけで胸が悪くなる。「からの口座だけれど、サインはしたわ」

「いや、それ以前に、きみはナターシャ・モイルズではなく、ナターシャ・クリスタキスとサインしている。それではリコは口座に手をつけられない」

「だったら、今わたしがあなたの責めを負う理由は何かしら？」

「何もない」

「どうやってリコからこれを奪ったの？」

「ラスマスがあいつを説得した」

「さすが忠義のラスマスね」ナターシャはあざけり、リコが広場に現れたときから、ラスマスが耳に携帯電話を当てていたことを思い出した。ラスマスがわたしには忠誠心を示してくれなかったことが残念だわ。もし示してくれたら、パリでのレオの浮気を、わたしに話していただろう。

急に何か思い出したようにナターシャは立ちあがった。「この監獄に、わたしが避難できる部屋はあるの？」緊張した声できく。

「ぼくの寝室だ」レオはきっぱりと言った。

「生きているかぎり、行かないわ」ナターシャは冷ややかに告げた。「今後のわたしは、あなたにさえ手が届かないほど高いわよ」

「いくらだい？　それとも金以外の見返りを求めるつもりか？　どうか言ってくれ」

「この島からすみやかに出ることと、一刻も早い離婚よ！」ナターシャは法外な金額を提示し、彼の反応を見ようかとも思ったが、結局は本音を言い、屋敷に戻りかけた。

「では、取り引きをしよう」

レオの言葉に、ナターシャは足を止めた。

「もうひと晩ぼくと一緒にベッドで過ごせば、ここから出るヘリコプターを手配する」

「あなたの言葉など信用できないわ」

「ここからの脱出と離婚をきみが望むなら、ぼくは喜んできみの希望をかなえるつもりだ。その代わり、さっき言ったぼくの望みもかなえてくれ」

ナターシャは怒りに震え、再び歩きだした。それを見て、レオの気分は高揚した。今日の午後のぼくの行為はとうてい許されるものではない。しかし、美しく誇り高き妻は、二人の関係を救済し、修復する手段をぼくに与えてくれたのだ。

「ついてこないで！」背後から近づいてくる足音を聞き、ナターシャは叫んだ。

「ぼくはきみを熱烈に愛している。離れられるわけがないだろう？」

「よくもぬけぬけと！」ナターシャはレオのほうに向き直った。ブルーの瞳が、砕けたガラスの破片のように光っている。「あなたに愛の何がわかるというの？　愛がどういうものかも知らないくせに」

「きみは知っているのか？　かつてきみはリコを愛していたようだが、その愛は今、どこにある？」

ナターシャは深く息を吸って唇を噛《か》んだ。それからきびすを返して小道を抜け、屋敷の中に入った。

レオはあとをついていった。ある面でナターシャよりリラックスし、別の面では彼女より緊張している。「きみも知ってのとおり、ぼくはリコに激しく嫉妬《しっと》している。リコがきみと一緒にいるところを初めて見たときから、あいつに嫉妬してきた。だがぼくは、きみにいやみを言いながらも、それを嫉妬だとは認めていなかった」

「わたしを辱めるために皮肉を言ったわけ？」

「ぼくの存在に気づいてほしかったんだ」

「あなたの存在には気づいていたわ、レオ」ナターシャはそう言いながら、何かを捜していた。

「何を捜している、ナターシャ？」

「ハンドバッグよ」

「そこに落ちている」レオは居間のドア近くの床を指した。「さっきキスをしたとき、きみはぼくの首にしがみついた。そのときに落ちたんだ」

ナターシャは顔を真っ赤にしてバッグを拾い、居間から出ていこうとした。

「思い出してみてくれ、いとしい人《アガペ・ムー》。最初に出会った夜以来、ぼくがほかの女性と一緒にいるのを見たことがあるか？」

ナターシャは振り返った。「屋敷の寝室でジャンナを見たわ。わたしを代用品の売春婦呼ばわりしたときよ。それからパリでも一緒だったわね。彼女はあなたを説得してホテルに入っていった。楽しいおしゃべりでもしに行ったのかしら？」

レオはため息をついた。「説明させてくれ。ジャンナは――」

「わたしが説明を求めているように見える？」ナターシャはぴしゃりと言い、さっさと階段のほうに向かった。どこへ行きたいのか自分でもわからない。

「上がって右側の真ん中の部屋が、ぼくの寝室だ」レオは彼女を助けるように言った。

「ベッドもある。さっきの提案はまだ有効だ。キャンドルライトに囲まれた海辺でのディナーもおまけにつけよう」

レオはナターシャの反応が予測できたし、すべては思いどおりだった。しかし、ナターシャが階段の途中でしゃがみこみ、手で顔を覆って泣きだすとは夢にも思わなかった。

レオは階段をのぼって彼女の傍らに身をかがめ、自分の胸に抱き寄せた。「だめだ。泣かないでくれ、ナターシャ。きみはぼくを殴ればいいんだ。そうしたら、ぼくはきみを押さえつけてキスができる」

「あなたなんか大嫌いよ」ナターシャは泣きながら悪態をついた。「あなたって人は本当に――」

「憎らしい。わかっている。すまない」

「わたしを泥棒呼ばわりして」

「一瞬だってきみを泥棒だと思ったことはない。ぼくは二重人格だ。リコへの嫉妬に狂っていた。きみはぼくが出会った中で最高に正直な人間だ」

ナターシャのすすり泣きが小さくなる。「わたしをギリシアへ連れてきたときは、そうは言っていなかったわ」

「あのときは、きみを自分のものにしようと、とにかく必死だった。ぼくと一緒になってくれれば、なんでも話すつもりだった」

「今日の午後のあなたは冷酷だったわ」

「そのとおりだ」レオは認めた。「ぼくにひと晩チャンスをくれ。償いたいんだ」

「そうしたら、明日は帰らせてくれるの?」

レオのもらしたため息に悲しげな響きを聞き取り、ナターシャは自分が彼を困らせたことを知った。

「あなたは事実しか言わないと思っていたわ」ナターシャは顔をしかめて言いつのり、レオのシャツのボタンを指でもてあそんだ。なぜそんなことをしているのか自分でも不思議だった。「それだけがあなたの取り柄だもの」

「ぼくは夢のようなセックスをいとしい人に与えられることが取り柄だと思っていたけれどね」

ナターシャはかぶりを振り、目の前に現れたブロンズ色の肌を見つめた。温かく男らしいにおいが漂ってくる。

「シャワーを浴びたほうがいいかな……」

ナターシャはまたかぶりを振り、シャツの次のボタンに手をかけた。

「火遊びは危険だぞ」レオは静かに警告した。

しかし遅きに失し、ナターシャは彼の肌に唇を押しつけていた。

レオは彼女を抱いて立ちあがり、残りの階段をのぼった。「きみの正体がわかった。誘惑魔だ」

「違うわ！」

「大嫌いだと言っておきながら、最高においしいお菓子か何かのようにぼくを味わおうとする。誘惑魔じゃなかったら、なんだと言うんだ？」

「まだあなたとベッドに行くとは言っていないわ」

「へえ？」レオはナターシャをベッドに乱暴に下ろした。そのショックから彼女が立ち直る前に青いジャケットのボタンに手をかけた。「きみのこの青いスーツは、まるで鎧《よろい》だな……」

ジャケットの前がすべて開かれ、ライラック色のキャミソールが現れた。レオはナターシャの腰に手をまわし、スカートのファスナーに触れた。

「ぼくは過去に洗練された女性たちと洗練された情事を楽しんだが――」

「ほかの女性の話なんか聞きたくないわ」ナターシャは腰を振って彼の手から逃れようとした。

「ぼくの話をちゃんと聞いているのか？　きみに会ってから、ほかの女性はひとりもいない！　すべて遠い過去のことだ」

「だったら、ほかの女性の話はしないで！」

「自分の考えの正しさを説明しようとしたまでだ。愛情のないセックスはつまらない。きみが気づいているかどうかわからないが」

「気づくかもしれないわ。今夜が終わったら」

今にもスカートを腰から引き抜こうとしていた手を、レオははたと止めた。「だったら、今夜はぼくとここに泊まってくれるのか？」

「場合によってはね」ナターシャは突き放すような口調で答えた。「パリでジャンナと何をしていたかによるわ」

またぼくを困らせるのか、ナターシャ。レオは嘆息した。そして彼女の隣に横たわった。

「あれはパリのホテルではない」彼は断言した。「パリにある高級私立病院だ。外観は確かにホテルのように見える。リコはそれを知っていて、きみにあの映像を見せたんだ。以前ジャンナは何度もあの病院に滞在していたから……」

「ホテルに似た外観の病院？　ずいぶん都合がいいのね」ナターシャは冷ややかに言った。

「そして、その前でばったり彼女にでくわしたなんて言うんじゃないでしょうね？」

「いや、ぼくが連れていったんだ。ジャンナがきみの腕を傷つけたのを見て、荒療治が必要だと判断した。ジャンナを理解するには彼女の過去を知る必要がある。ぼくも結婚するまで知らなかったし、気づいたときはつらかった」レオは苦しげに言葉を継いだ。「ジャンナは悪い人間ではない。間違ったしつけの産物なんだ。金持ちだが腐敗した家庭で、彼女はセックスと愛は同じだと教えられて育った」

「まあ、ひどい」ナターシャは眉を寄せた。

「彼女のプライバシーだから、あまり詳しくは明かせない。ただ、ぼくはつき合いだして数カ月後にジャンナから妊娠を告げられた。むろん、ぼくは彼女と結婚した。当然だろう？」自分に問いかけるような口調だった。「彼女は美しいし、一緒にいて楽しかった。おまけに、ぼくの初めての子を身ごもっている。ぼくは彼女を裏切らない自信があった。ところが結婚した二週間後、彼女がほかの男とベッドにいるのを目撃した。ジャンナはたいして意味のないことだと言ったが、ぼくにとっては大きな意味があった……」

「それで、彼女を追いだしたの？」

レオは首を横に振った。「自分から去ったんだ。その一週間後、ジャンナは流産した。ぼくはあのときほど罪悪感を覚え、自分を責めたことはない。彼女のおなかの中の小さな命のことを忘れていたのだから。ジャンナが初めて神経を病み、ぼくがパリの病院に連れていったのはそのときだ。彼女の過去を聞いたのは、そこに滞在しているときだった。ぼくは彼女に申しわけなく思っていたし、彼女には面倒を見る人間が必要だった。それで、ぼくは自分の人生に彼女を連れ戻したんだ」

「彼女を愛していたから」ナターシャはつぶやいた。

レオは横を向いてナターシャを見つめた。「きみに嘘《うそ》はつけないな、ナターシャ。ジャンナは今のぼくにとっては、意味のある存在ではない。確かに、結婚したときはまさかこんな結末を迎えるとは思ってもいなかった。だが、彼女を愛していたからかときかれれば、それは違う。今も面倒は見ているが、信じてほしい。その意味で、ジャンナにはぼくしかいないんだ」

ナターシャも横向きになってレオの顔をじっと見つめた。「つまり、ジャンナとは今後も関係を続けるということ？」彼女は言葉を選んで尋ねた。

レオの顔がこわばった。「彼女とベッドをともにすることはありえない」

「そういうことをきいたんじゃないわ」

「だが、きみはまだ疑っている。ジャンナを自分の人生に連れ戻して以来、ぼくは彼女とベッドをともにしたことは一度もない。いずれにしろ、ジャンナはアテネに帰れば、すぐ新しい恋人をつくるしね」レオは肩をすくめた。「彼女にとっては、セックスは愛情表現の代わりなんだ。不快な事実だし、ぼくにはとても理解できないが、彼女の欠点ではないんだ。離婚するまで何カ月も争ったよ」

「そう……」レオはわたしに触れてほしいと願っている。ばかげた考えかもしれないが、ナターシャはそれを肌で感じた。しかし、まだきかなければならないことがあった。「今でも彼女の面倒を見ているけれど、ベッドはともにしていないのね。あなたはわたしにも、人生の役割のひとつとして、ジャンナとの関係を受け入れてほしいと思っているの？」

「いや」レオは不意に上体を起こし、熱いキスで彼女の唇をふさいだ。「その役割はもう終わりだ」彼は顔を離して宣言した。「ぼくの中に残っていた彼女に対する罪悪感と哀れみは、ジャンナ自身に殺されたよ。病院の前にいたぼくと彼女を、リコが偶然目撃したと知ったときにね」

「どういうこと？」ナターシャは眉をひそめた。

「ジャンナは人を誘惑して、自分の思うように動かすのがうまい。リコも同じだ。ジャンナはぼくの人生からきみを追いだしたかったし、リコは盗んだ金を自分のものにしたかった。それで、二人は共謀してきみがぼくに愛想を尽かす計画を立て、銀行の書類にきみがサインをするように仕向けたんだ」

「ひどい。胸が悪くなるわ」

「それがジャンナとリコだ」レオは陰鬱《いんうつ》な表情で言った。「さあ、そろそろぼくたちの話に戻そう。きみの望みはなんだい、ナターシャ？」

ナターシャはレオの口もとを見つめた。そこに笑みはなかった。笑うことさえ忘れるほど、彼は真剣に尋ねていた。

それで、わたしは何を望んでいるの？

ナターシャは頬を撫《な》でられるのを感じ、そして彼の腿の重みを感じた。手を上げて広い胸を指でなぞると、レオがゆっくり息を吸いこむのがわかった。水平線に消えていく今日最後の陽光を浴び、レオにもらった結婚指輪がきらめいた。

彼女はレオの目に視線を戻した。「あなたよ」ささやきともため息ともつかぬ声がもれる。「わたしの望みはあなた」まるで事実を告げるのを恐れるかのように、あまりにはかなげに、唇が震える。

レオは深く息を吸った。「この青いスーツに関するぼくの見解が変わった。これはいいスーツだ。ぼくが初めて恋に落ちた女性を思い出させる」

「生真面目《きまじめ》な女性を?」

「最高にセクシーで生真面目な女性だ」レオはナターシャの、ジャケットのボタンを留め、彼女を起こしてスカートのファスナーを上げた。

「なぜ服を着せるの?」

「忘れていたんだ」レオは自分のシャツのボタンも留めた。ブロンズ色のたくましい体が隠れ、離れたとき、ナターシャは落胆した。

やがてレオは彼女の手を取り、寝室から連れだして階段を下りた。居間に戻ってフレンチドアから外に出る。その瞬間、ナターシャは息をのんだ。

二人が寝室にいる間に薄暗いテラスは一変し、今は柔らかなキャンドルライトが幻想的な世界を生みだしていた。

テーブルに二人分の食事が用意され、バーニスが近づいてきた。「こんばんは《カリスペーラ》」二人にほほ笑みかける。「もう召しあがりますか？」

レオはギリシア語で答え、ナターシャを無言でテーブルに導き、そっと椅子を引いた。

「何が始まるの？」ナターシャは当惑して尋ねた。

「ぼくはいったん計画を立てたら、必ず最後までやり遂げる。きのう言ったはずだ、サプライズ・プレゼントがあるって。きみは忘れていたようだが」

「ああ……」ナターシャは虚をつかれたような声をあげた。

レオは椅子に座ってほほ笑んだ。「ぼくは皺だらけのシャツ、きみは青いスーツ。二人とも、こんな格好をしているとは予想外だった。しかし……」手を伸ばしてテーブルの上で彼女の手を握る。「ナターシャ、ここがぼくの家だ。本当の家だ。ほかの家は滞在が必要なときに使う便利な場所にすぎない。だが、この島はぼくが唯一、家に帰ってきたと思える場所なんだ」

「そう。確かにすてきな場所ね」ナターシャはあいまいに答えた。話の行き着く先が見えない。

「すてき以上さ。特別な場所だ」レオは鮮烈なまなざしをナターシャに注いだ。「ぼくはきみを熱烈に愛している、いとしい人《アガペ・ムー》。さっきも言ったから興ざめかもしれないが」口もとが悲しげにゆがむ。「しかし、何度でも言う。きみを愛している。もし手遅れでなかったら、結婚を申しこむところだ。しかし、すでにぼくたちは夫婦だから、今言いたいのはひとつだけだ。ここで一緒に暮らしてくれないか、ナターシャ? ここをきみの家とし、子どもを産んでともに育て、皮肉屋のギリシア人を最高に幸せな男にしてくれないか?」

ナターシャは頭の中が真っ白になった。まさかレオにこんなことを言われようとは。実際、ここに来るヘリコプターの中では、互いに憎しみ合っていると信じていたのだ。

「これがあなたの言うサプライズ・プレゼントなの?」ナターシャはやっとの思いで口を開いた。

彼女の手に置いたレオの指がぴくりと動いた。ナターシャが彼の望む返事をしなかったからだ。「今日の午後にぼくがあんなことをして、機会をぶち壊すまではね。もう手遅れかな?」レオは控えめに尋ねた。

ぶっきらぼうな男性がまっすぐ自分に思いをぶつけてくれている。ナターシャはようやく悟り、首を横に振って彼の心配を打ち消した。

「だったら、もっと何か言ってくれ。肯定的な言葉を」レオはいらだたしげに催促した。「さもないと、ぼくは今にもこの場で息絶えそうだ……」

それはナターシャも同じだった……彼の魔法のせいで。「ええ、いいわ」

レオは何かつぶやき、椅子の背もたれに寄りかかった。「この場にふさわしくない、ずいぶんあっさりした返事だな」彼は笑ったが、心からの笑いではなかった。「どうしてまたそんな返事になるのか、説明してくれないか？」

レオは怒っているらしい。ナターシャは眉を寄せた。「そう言ってほしかったんじゃないの？」

「なんてことだ《テオス》。もしきみがぼくを愛していないのなら、ぼくはまた嘘つき女を妻にしたことになる。きみの態度はすべて、ぼくを愛していると言っているのに！」

「愛しているわ！」短い沈黙のあと、ナターシャは情熱的に宣言した。「あなたを愛している。でも、まだあなたへの怒りがおさまらないの。だから、そんなに簡単に言葉にできないのよ！」

「何を怒っているんだ？」キャンドルライトの中で、もどかしげなレオの目が赤く光る。

「ぼくはすでに謝ったし――」

「空港で拉致されたとき、わたしは死ぬほど怖かったのよ！」

「きみがすでに飛び立ってしまったかもしれないと思うと、ぼくはそれ以上に怖かった」

「まあ」

「まあ、じゃない」レオは出し抜けに立ちあがった。「ベッドに戻ろう」レオはすでに彼女の手をつかみ、椅子から引っ張りあげていた。

「だめよ。バーニスが――」

「バーニス！」廊下からレオは叫んだ。「夕食はあとだ。ベッドに戻る！」

「もう、どうしてそんなにあけすけなの?」ナターシャは顔を赤らめた。

「かしこまりました……元気な赤ちゃんをおつくりくださいませ……」穏やかな声が返ってきた。

「ほら、バーニスもわかっている。はっきり言うのがいちばんだとね」レオは階段でバーニスを振り返り、にやりとした。

「わかったわ!」ナターシャは足を止めた。「だったら、わたしもそうする。愛しているわ!」声を張りあげて叫ぶ。「あなたみたいな腹立たしい人、どうして好きなのかわからない。でも——」

レオは彼女を抱き寄せ、階段の上でキスをした。転げ落ちないよう、ナターシャがとっさに彼のうなじに手を伸ばしてしがみつく。

「きみはぼくのこういうところを愛しているんだ」しばらくして唇を離し、レオは言った。

「そうかもしれないわ」ナターシャはしぶしぶ認め、さらにキスを誘うレオの唇から目を離して顔を上げた。二人の視線がぶつかる。「もっと確かめてみない?」

●本書は、2009年10月に小社より刊行された作品を文庫化したものです。

いわれなき罰

2024年3月15日発行　第1刷

著　　者／ミシェル・リード

訳　　者／中村美穂（なかむら　みほ）

発 行 人／鈴木幸辰

発 行 所／株式会社ハーパーコリンズ・ジャパン
　東京都千代田区大手町 1-5-1
　電話／04-2951-2000（注文）
　　0570-008091（読者サービス係）

印刷・製本／中央精版印刷株式会社

表紙写真／© Marcin Krezel | Dreamstime.com

ISBN978-4-596-53803-1